W9-CJT-828

MARCIAL LAFUENTE
ESTEFANIA

OJOS DE
SERPIENTE

© **Debuks Gestión Editorial, S.L.**
Contacto: info@debuks.es
Diseño Cubierta: DEBUKS GESTIÓN EDITORIAL, S.L.
Depósito Legal: M-19263-2021
Fotocomposición: DEBUKS GESTIÓN EDITORIAL, S.L.
Impreso en España - *Printed in Spain* **2021**

CAPITULO PRIMERO

Russo Ferdinand decidió un día formar una Asociación de Propietarios de Bosques y Aserraderos y para ello citó a los más significados a quienes no interesó la idea.

Oposición que sabía encabezada por un propietario de bosques muy respetado de Wallowa, al norte de su propiedad.

Frank O'Neil se llamaba este respetado maderero. Fue quien dijo en la reunión:

—¿Qué finalidad busca con esa asociación?

—Presionar a los compradores de Salem y que paguen lo que es justo.

—Eso ya lo hacen sin necesidad de estar asociados. No espere un mayor precio por parte de ellos. Existen unos precios establecidos que dudo puedan ser alterados. Además, nosotros estamos enfocando las ventas hacia mercados del Viejo Continente. Se me han hecho ofertas importantes que debo estudiar detenidamente porque exigen madera de primerísima calidad. Si nos ponemos de acuerdo en el precio no tendrá inconveniente en hacer esa selección en mis bosques. Comprenderá, amigo Ferdinand, que mi proyecto es mucho más ambicioso. ¿Puede ofrecerme algo más sugestivo esa asociación? Estos caballeros pueden opinar de distinto modo. Pero yo no formaré parte de ella.

Los demás opinaron lo mismo. Y Russo hubo de soportar la humillación de que ni se llegara a discutir su propuesta.

Estuvieron bebiendo juntos, pero al marchar O'Neal, dijo Russo a su amigo Keanu:

—¡Ese cerdo se acordará de nosotros!

—No crea que los otros están muy animados.

—Hubieran aceptado de no ser por él. Empiezan a darse cuenta algunos de que es un loco. Se pasa la vida hablando de proyectos irrealizables. ¡Hay que enviar a los taladores a la parte este de su propiedad...! Es donde están sus mejores árboles. Una vez que estén los troncos en nuestros depósitos se les cambia la marca para que lleguen a los aserraderos sin mayores problemas. Le iremos dejando poco a poco sin la mejor de su madera.

—Eso será sencillo —replicó Keanu.

Y desde ese día, los elegidos por el capataz estudiaron el terreno para iniciar la tala en la propiedad de O'Neal.

Este respetado maderero comentó en Wallowa la razón de haberles llamado Russo.

—¿Te has atrevido a rechazar la propuesta de Ferdinand?

—¿Qué iba a hacer...? Y no creo que pueda hacerme daño. No soy vecino de Joseph, donde parece que impone la ley.

—De todos modos, no me gusta que le hayas hablado así —dijo el almacenista que hablaba con el respetado O'Neal.

—No te preocupes.

Pero el almacenista tenía razón; Russo era un enemigo peligroso, lleno de odio y de rencor; y no consideró muy rápido el sistema de robo de unos troncos.

Pensó algo bastante peor y más eficaz a su venganza. Una propia de quien tenía aquella mirada fría y penetrante y al que se le dominaba Ojos de Serpiente.

Buscarían troncos de la peor calidad y los remarcarían mezclándolos con los de O'Neal. El resto era sencillo; solicitar la intervención de las autoridades exigiendo la detención del respetado maderero.

De esta manera quedarían en suspenso automáticamente todos los proyectos de venta de O'Neil.

Keanu se encargaría de ir lejos de allí, a Portland, donde importantes compradores de madera pretendían comprar la de mejor calidad que saliera de los bosques de O'Neal.

Los amigos de la capital le habían dado buenos consejos, que siguió al pie de la letra.

Y a las pocas semanas fue nominado para este cargo.

Los amigos le felicitaban constantemente; lo que le llenaba de vanidad.

Cuando regresó a Joseph le recibieron como si se tratara de un alto personaje de la política.

Un viejo abogado dedicado a la explotación de sus bosques, nombrado juez por él, le saludó entusiasmado y Russo aseguró que iba a conseguir que Joseph fuera cabeza de condado, con lo que la autoridad judicial sería mucho más importante.

Russo no olvidaba a O'Neal. Le iba a reclamar parte de sus bosques y el juez sentenciaría a favor suyo.

Si para ello había que falsificar escrituras y registros, se haría; le iba a quitar unos cuantos centenares de acres.

Su importancia había crecido de manera notable. Ahora sí se consideraba de verdad un personaje.

Con el aumento de influencia de Russo, iba paralela la crueldad de sus hijos. Creían que tener el padre fiscal general en Salem suponía una patente de corso y una impunidad absoluta.

Pero la evasión de los jóvenes no se remediaba. Y Lewis tenía que dedicarse a las empleadas de los *saloons* propiedad de su padre. Cosa que no agradó a éste cuando dos de ellas desaparecieron del local en que trabajaban y las otras amenazaron con seguir el mismo camino.

Enfurecido ordenó a uno de sus «sabuesos» que arrastraran a los padres de una de las jóvenes ausentes.

Los apaleados, una vez curados, presentóse en el despacho del juez el esposo para denunciar los hechos.

—No has debido insultar a Lewis —dijo el juez.

—No le hemos dicho nada.

—Los testigos afirman lo contrario —añadió el juez— y he de ceñirme a su testigo.

—Lo que sucede —dijo valientemente— es que está usted al servicio de los Ferdinand. ¡Joseph no necesita «perros» como usted! ¡Es lo que en realidad es, un «perro» de esa familia!

—¡Largo de aquí...! ¡No me obligues a pedir al *sheriff* que te encierre!

El hombre marchó enfurecido y desconsolado; e intentó lo peor que podía hacer. Decir que iba a matar a Lewis.

Y cuando al siguiente día salía de realizar unas compras en el almacén de siempre, tres guardaespaldas asesinos de Lewis dispararon por la espalda sobre él.

Era un crimen bárbaro y horrendo, pero nadie se atrevería a afirmarlo de palabra.

El juez, que ya lo era del condado, dijo que lamentaba hubiera perdido la cabeza e intentara matar a Lewis, el hijo preferido de Russo Ferdinand, un personaje que iba a ser el fiscal general de Oregón.

Los que le escuchaban sonrieron tristemente. Pero ni un solo testigo se atrevió a denunciar que había sido un crimen.

Uno de los madereros de Ferdinand entraba en la plaza cuando pasaba el entierro de la víctima.

Al entrar este maderero en el *saloon* en el que estaba Lewis, le oyó decir a éste:

—Echad un vistazo. Toda la población en el entierro... ¡Es una manera de demostrar su desacuerdo con nosotros!

—¿Quieres que les hagamos meterse en sus casas? —dijo uno de los guardaespaldas.

Y asomándose a la puerta disparó al aire su revólver, al tiempo que gritaba que abandonaran el cortejo.

En unos minutos, seguía el coche fúnebre conducido por el enterrador. Y éste concluyó su trabajo sin que apareciera un solo acompañante por el cementerio.

Lewis reía de buena gana. Y los pistoleros a su servicio coreaban sus carcajadas.

—¡Huían como conejos! —decía entre sus risas.

—Estarán todos metidos en sus «madrigueras». No ha quedado uno solo.

En el local eran, con el maderero que acababa de entrar, los únicos clientes.

Lewis, al estar ante el mostrador acompañado por sus «gorilas», dijo al maderero:

—¿Para quién trabajas? ¿Y por qué no ibas en el entierro?

—Acabo de llegar. Y trabajo para su padre.

—No te he visto antes y tienes una estatura como para no olvidarse de ti.

—Tal vez porque está poco en la casa y cuando lo hace no visita nuestras viviendas. Yo estoy en el sector oeste... En ese campamento suelo comer y dormir.

—No lo sabía. ¿No te das cuenta de que hablas con el hijo del patrón?

—¿Por qué dice eso? Creo que estoy siendo correcto.

—Tiene razón —inquirió Lewis—. ¡Basta ya!

—No me gustan los que no se descubren ante los amos —protestó el de antes.

—Sírvenos un trago —ordenó Lewis al *barman*.

El alto maderero estaba un poco retirado del grupo. Y cuando el *barman* puso el vaso sobre el mostrador y el forastero hacía intención de alcanzarlo con la mano, un disparo hecho por el protestón alcanzó de lleno el vaso, salpicando la bebida el mostrador.

Los otros seis compañeros del que había disparado reían escandalosamente.

—Buen tirador...

—Me agrada que lo sepas reconocer —dijo sin dejar de reír al enfundar el autor del disparo.

—Pues no parece que se haya asustado —inquirió otro de los «gorilas».

—No se da cuenta de la seguridad que hay que tener para hacer un disparo así.

El que había disparado hablaba con el vaso en la mano. Dejó de reír al oír la nueva detonación y sentir el rostro salpicado de whisky mientras el vaso desaparecía de su mano convertido en añicos.

—¡Quietos vosotros! —dijo el maderero encañonando a los siete—. No es justo que se divierta él solo...

Estaban muy pálidos todos.

—¡No olvidaré esto...! —dijo el del rostro salpicado de bebida mientras se secaba con la manga de la camisa.

—He pasado por el mismo trance y no me he enfadado. Tampoco debes hacerlo tú. Una broma, es una broma.

—Es cierto —reconoció Lewis con la voz temblorosa. Continuaba bajo los efectos del susto que acababan de darle.

—¿Cuál es tu opinión? —dijo el alto maderero riendo.

—Has podido destrozarle la mano... —inquirió otro.

—He querido demostraros que no sois vosotros solos los que sabéis disparar.

—Me asustan las bromas con plomo... Has podido hacerme daño.

—¡El mismo riesgo corrí antes yo y no me ofendí! ¡El patrón está de acuerdo!

—El patrón está deseando que te meta unas onzas de plomo en...

—¿Por una broma...?

—¿Es que te vas a comparar conmigo...?

—¡Dejémoslo así...! No riñamos. ¡Hemos actuado del mismo modo!

—¿Es que lo crees de veras? Tienes que ser tonto... ¡He dicho que no olvidaría y te voy a...!

Con la mano en la culata de su Colt cayó muerto.

—Vivía muy engañado —decía el maderero sin enfundar—. Debió aconsejarle que no lo intentara... —añadió mirando a Lewis—. ¿Es que de veras se creía tan rápido? ¿Piensan lo mismo esos cinco? Aconséjeles que no lo intenten. ¡Me obligarán a matarles también! Y tal vez usted caiga con ellos, que es en realidad el que le ha matado por considerar que sería yo el muerto...

—No me he dado cuenta de lo que intentaba.

Nada más enfundar el alto maderero-*cow-boy*, pues vestía como tal, otro de los «gorilas» o «sabuesos» buscó febrilmente su Colt, que consiguió empuñar y sacar. Pero cayó lo mismo que el otro.

—¡Le ha vaciado los ojos...! —exclamó uno de los presentes.

—Ahora tú y esos cuatro. ¡Ya os estáis defendiendo! Quedan balas para todos.

Lewis puso automáticamente las manos sobre su cabeza. Y los otros cuatro le imitaron.

El alto maderero dejó una moneda sobre el mostrador y se encaminó a la puerta. Pero no perdía de vista a los cuatro «gorilas» que quedaban con vida.

Sabía que éstos estaban muy nerviosos y disgustados porque Lewis estaba confirmando que no eran lo que sin duda había pensado de ellos.

Y como habían bajado las manos al ver que el alto forastero trataba de abandonar el local, al considerar que caminaba confiado hacia la puerta, los cuatro movieron sus manos en busca de las armas.

En una acrobacia admirable saltó como un felino de lado y disparó a su vez.

Los cuatro se desplomaron a los pies de Lewis bien muertos.

—¡Qué traidores...! —exclamó el alto forastero—. Iban a disparar por la espalda.

Lewis no había podido decir una palabra y de manera automática volvió a poner las manos sobre su cabeza...

Por fin, el alto maderero-*cow-boy* abandonó el local.

El *barman,* apoyando el vientre sobre el mostrador, se «asomó» sobre el mismo para contemplar a los seis «gorilas» que yacían sin vida en el suelo.

Las dos mujeres no se habían movido del rincón en que estaban.

Lewis descendió los brazos al ver salir al autor de aquellas muertes. Y dirigiendo una mirada a éstos exclamó:

—¡Eran seis principiantes! ¡Me tenían engañados...! Creí que dispararía sobre mí también.

—¡Es lo mejor que he visto disparando! Y llevo unos cuantos años en este ambiente. ¡Fíjate, Lewis! Uno con los ojos vaciados y los otros cinco con un agujero en la garganta.

Lewis comprobó estas palabras y sintió que le temblaban las piernas. Lo que estaba contemplando demostraba una seguridad escalofriante.

En el momento que le vieron abandonar el local, un cliente comentó:

—¡Cómo se va a poner el viejo Ferdinand cuando se entere! ¡Aseguraba haber contratado a los mejores «gorilas» que habían pasado por Oregón y fuera de este territorio!

—Puedo asegurar que eran rápidos y seguros. Lo que sucede es que ese muchacho es algo que no se concibe de no haber sido testigo de lo que hemos presenciado todos —replicó el *barman*—. Lo que hará es una locura si después de esto continúa trabajando en los bosques de los Ferdinand. Lewis no le perdonará el miedo que aún debe llevar metido en el cuerpo.

—Ya lo creo —inquirió otro—. Confiemos en que no esté tan loco ese muchacho.

El alto forastero que vestía ropas de *cow-boy* aunque dijo trabajar de maderero, y que se llamaba Joe Russell, entraba en otro local y pidió una jarra de cerveza a pesar de la baja temperatura del exterior.

En el interior se respiraba un ambiente mucho más confortable. Entre la calefacción humana y la estufa central, que en todo momento estaba bien alimentada con gruesos troncos, obligaba a despojarse de la parka con la que la mayoría se protegía del frío.

Había bastantes clientes y comentaban el susto que les dieron con aquellos disparos.

CAPITULO II

Al fijarse en Joe cesaron los comentarios. Y al solicitar la jarra de cerveza le preguntó el *barman*:

—¿Forastero?

—Eso depende.

—¿Cómo que depende? O eres forastero o no lo eres. Que quieras responder o no a mi pregunta...

—No soy forastero.

—¿Te he visto antes de ahora?

—No lo sé. Si para ti ser forastero en esta población lo es por el simple hecho de no haber entrado en este local, lo soy. Es la primera vez que entro...

—¿Trabajas por aquí?

—Pertenezco al equipo de los Ferdinand. Estamos talando árboles al norte de la extensa propiedad... Es la primera vez que vengo a esta ciudad.

Dejaron de hablar al ver aparecer en la puerta al *sheriff* que se encaró con Joe para decir:

—Supongo que eres el que ha matado a esos seis...

—Ellos quisieron hacerlo sobre mí...

—Es lo que ha tratado de hacerme creer el *barman*, pero yo sé que no les estimaba y sin duda te ha ayudado a sorprenderles... Pregunta a todos éstos. Ellos les conocían bien y no se puede admitir que...

—¡Cuidado, amigo...! Esa placa no le da ningún derecho a... ¿Tiene miedo a Lewis? El ha sido testigo. Y a estas horas ha de estar pensando que ha sido engañado por ellos. Creyó en aquella superioridad de la que presumían.

Los clientes se miraban al darse cuenta que estaban hablando de los seis «gorilas».

—¿A quiénes se refiere, *sheriff*? —preguntó uno.

—A los seis que iban con Lewis. Les ha matado este muchacho.

—¿Y trata de molestarle? Lo que procede en este caso es proponerle para un premio especial...

—¡Merece un monumento...! —exclamó otro.

Joe sonreía, pero el de la placa tenía pánico a la reacción de Russo cuando Lewis le comunicara lo sucedido.

—No puedo creer en lo que me ha dicho el *barman*... Y lo vamos a discutir en mi oficina.

—¡Escuche, *sheriff*! Le han dicho la verdad. Ellos trataron de sorprenderme y no he tenido más remedio que defender mi vida.

—Y yo insisto en que ello no es posible. Así que vas a acompañarme a mi oficina y allí...

—No quiero matarle, *sheriff*... Y lo haré si sigue demostrando que es un cobarde, porque no hay duda que lo es.

—¿Es que te atreves a...?

—¡Es usted aparte de un cobarde un estúpido! —decía Joe con un Colt en la mano—. ¡Quítese la placa! Usted no es el *sheriff* de esta ciudad. Representa exclusivamente a su «amo» Russo Ferdinand...

Le arrancó la placa de un tirón violento.

—Hago esto para que no puedan acusarme de haber matado a un *sheriff* —añadió Joe—. No es usted más que un perro hambriento que come de la mano de su «amo». No interesan seres como usted en una comunidad. ¿Quieren facilitarme una cuerda? ¡Voy a colgar a esta serpiente!

—¡No me cuelgues...! ¡Pesa sobre mí una amenaza de muerte si no te detengo!

Le cruzó el rostro Joe con la mano del revés que le catapultó contra la pared del local.

—¡Levante, cobarde...! —añadió Joe—. ¿Es que no hay cuerdas en esta ciudad?

—Yo la traeré —ofrecióse uno—. Tienes razón al decir que es un cobarde. Pero lo que debías hacer es esto y así...

—¡Era otro estúpido como usted, *sheriff*! —agregó Joe después de disparar sobre el que trató de hacerlo sobre él—. Es un viejo truco.

—¡No me ma...tes...! No lo ha...gas... Es cierto que sabía te defendiste, pero estaban por encima de todo las amenazas de Lewis y las de su padre.

Y de pronto, sorprendiendo a todos, mientras intentaba levantarse, buscó desesperadamente el Colt con la peor de las intenciones.

Joe disparó dos veces sobre él.

—Creo que lo que hacen con ustedes es más que merecido —dijo haciendo desfilar su mirada por todos los rostros antes de salir.

Todos querían hablar a la vez. Pero a los pocos minutos quedó desierto el local. Temían que llegara Lewis con los crueles «gorilas» de su padre.

El *barman* contemplaba en silencio los cadáveres. Y sintió miedo. Sabía que le iban a culpar de no haber disparado desde el mostrador sobre Joe.

El aspecto que presentaba el *sheriff* era horrendo. Tenía los ojos vaciados.

Una de las empleadas comentó con otra compañera:

—¡Están bien muertos! Y me alegra que haya matado también a esos seis «gorilas» que iban siempre con Lewis.

—¡Por favor...! Si alguien te oye hablar así... —exclamó la otra.

—Lo que digo es verdad. ¿Es que a ti no te alegra que hayan muerto esos salvajes? Confío en que ese muchacho no esté tan loco como para continuar trabajando en los bosques de Ferdinand después de lo que ha hecho.

Sin embargo, Joe marchó al lugar en que trabajaba, comía y dormía. Aunque esto último solía hacerlo en el campo. Y cada noche en un lugar distinto. Contaba con pieles y mantas en cuatro refugios de la montaña distantes uno de otro.

Lewis llegó a la casa y se encontró con la hermana. La muchacha miraba en todas direcciones sorprendida.

—¿Es que vienes solo? Es una imagen poco frecuente en ti. ¿Y tus «gorilas»? ¿Sabes que les llaman así en la ciudad?

—Serán enterrados mañana...

—¿Bromeas? ¿Han encontrado al fin la horma de su zapato? ¡O les han cazado a traición!

—No.

Y refirió lo que había sucedido.

—Es curioso... Así que ese muchacho está en el campamento del norte. ¡La alegría que habrá en la ciudad y lo que se estarán riendo de ti! ¡Sigues asustado, ¿verdad?

—Voy a pedir a los guardaespaldas de papá que me acompañen y vamos a arrastrar a ese muchacho. Le sorprenderemos en pleno trabajo.

—Encarga a Thomas que se ocupe de él. Es el que dirige los trabajos en los bosques del norte... Y después de muerto le colgáis en el lugar más visible de la ciudad para que vean se castiga al que no cumple nuestros deseos.

Durante la comida, Pauletta dijo a su padre lo que le había sucedido a Lewis.

—Manda llamar a Thomas y que venga a hablar conmigo. El es el que mejor lo puede hacer.

—Ese ha sido mi consejo a Lewis.

Y el emisario de Lewis llegó a los bosques del norte y entró en el comedor a la hora del almuerzo.

—Thomas —dijo después de saludar a todos con el gesto—. Dice Lewis que vayas a verle. Parece que se trata de algo urgente.

Joe estaba escuchando sin dejar de comer. Y sonreía para sí.

Durante la sobremesa, le decía un amigo llamado Bill van Patten:

—¿Lo has oído? Te van a «recomendar» a nuestro augusto capataz o encargado.

—Me he dado cuenta. Y no saben que están condenando a Thomas...

—Es una locura que sigas aquí.

—No me dejaré sorprender. Antes de marchar tendrán que enterrar a unos cuantos «gorilas» más... Están metiendo troncos en los depósitos de esa muchacha que perdió a su padre en el accidente del río, sin que ella sospeche que es su capataz el que está de acuerdo con ojos de serpiente.

—Cuidado. Si te oyen hablar así del patrón... Recuerda que ni el juez ni el *sheriff* hicieron caso a esa muchacha cuando fue a reclamar.

—Ya lo sé.

—Si vuelves a verla, ten cuidado. Si el capataz sospechara algo...

—Es ella la que acude a uno de mis refugios de la montaña cuando el capataz está divirtiéndose en la ciudad.

—Pero ha de tener madereros que estén de acuerdo con él.

—Sin la menor duda. Es como únicamente pueden tener a esa muchacha engañada. Es posible que le pida me admita como talador. Sé que andan necesitados de ellos. Pero colgaré al capataz. O'Neil tiene razón en que es un ladrón. Quería que la muchacha formara parte de esa asociación propuesta por Ferdinand...

—¿Por qué no despide ella a ese capataz?

—Le he pedido paciencia. Pero creo que ha llegado el momento.

—Hay que estar pendientes del regreso de Thomas. Vendrá con instrucciones concretas.

Finalizó la jornada en los bosques acudiendo todo el personal al campamento para cenar.

Joe, como era costumbre en él, desapareció después de la cena. Y al siguiente día a la hora del desayuno, cuando hizo acto de presencia en el comedor, le dijo Bill que el capataz no había comentado nada de lo sucedido en la ciudad.

—No ha dicho nada, pero sus «perros» lo han comentado entre ellos y han dicho que no pareces tan peligroso con el Colt. Y que no es posible sea verdad lo que dicen porque con ese cuerpo es muy difícil... Parece ser que anoche estuvieron hablando en voz baja. Me he informado por el cocinero que duerme cerca de ellos.

Terminado el desayuno, apareció Thomas que dijo:

—¡Joe! Tienes que ir con Tashlin a marcar unos troncos. Y cuando terminéis venís a comunicármelo. Están esperando esa madera en el aserradero. Tashlin sabe a qué troncos me refiero.

—De acuerdo —dijo Joe mirando a Bill.

—¡Cuidado con Tashlin! —susurró Bill al acercarse a Joe.

—Tranquilo... Tashlin no acudirá al almuerzo. Y tampoco Thomas comerá con todos.

Bill sonreía al separarse de Joe. Pero sabía que podía ser víctima de la trampa que habían urdido si tenía el menor descuido.

Pero Joe sabía lo que le iba en juego.

—Vamos a ir hasta el depósito a que se refiere Thomas —le dijo Tashlin—. A media jornada habremos terminado el trabajo. Y podemos acercarnos a Wallowa... Me han hablado maravillas de las tres nuevas muchachas que hay en el *saloon* del mestizo.

—Pues te han tomado el pelo. Conozco a esas tres «beldades»... No creas que valen tanto, pero si quieres que vayamos nos acercaremos.

—Hay que pasar por el almacén para recoger el material que vamos a necesitar.

Minutos más tarde entraban los dos en el almacén.

Tashlin recogió con ambas manos la herramienta precisa para el marcaje de los troncos.

—¡Toma! —dijo con naturalidad, tendiendo la herramienta a Joe.

—Llévala tú hasta los caballos. Supongo que da lo mismo, ¿verdad?

Joe hablaba con un Colt en cada mano.

—¿Qué significa esto?

—Te voy a meter una bala en cada ojo si en unos segundos no dices lo que te ha encargado Thomas. ¡Cuatro segundos! ¡Uno...! ¡Dos...!

—¡No dis...pares...! Es cierto lo que dices... Verás, me ha dado una nota.

Y confiado en que Joe no iba a disparar de momento, arrojó la herramienta hacia él al mismo tiempo que trataba de llegar al Colt.

Pero no lo consiguió. Y cayó con los ojos vaciados como le había amenazado Joe.

Se hallaban a bastante distancia del campamento, pero no tanto como para que no se oyeran los disparos.

—¡Eh...! ¿Habéis oído? Parecen disparos —exclamó uno que se disponía a montar.

—Aseguraría que han sido en el almacén —dijo otro—. ¿No han ido hasta allí Joe y Tashlin?

Thomas sonreía maliciosamente. Y como contaba con uno de los íntimos, dijo:

—Parece que Tashlin no ha querido perder mucho tiempo. Lo ha hecho perfectamente. El truco de las herramientas no le falla nunca.

En el almacén decía Joe a Tashlin, que tenía los brazos empapados de sangre y los ojos vaciados:

—¡Eras un asesino...!

Hablaba con el muerto como si pudiera escucharle. Hizo otro disparo sobre el muerto.

—¡Otro disparo! —exclamó el que estaba con Thomas en el comedor.

—No es posible...

—Sí. Ha sido un disparo... Eso es que le ha estado interrogando. No me gusta ese Joe. Se ve con nuestra vecina en la montaña. Clark les sorprendió un día. Se alegrará al saber que ya no irá más a ver a esa muchacha.

—¿Es que crees que están enamorados?

—Es lo que Clark sospecha.

Joe salió del almacén para montar en su caballo.

El que hablaba con Thomas a la puerta del comedor dijo:

—¡Mira! Es Joe el que huye a caballo... ¡Le ha hecho hablar a Tashlin!

Thomas saltó sobre su caballo imitado por el otro arrancando potentes relinchos a los animales al ser espoleados de manera salvaje.

Pero el caballo que montaba Joe era muy superior. Y mientras le hacía galopar sacaba el rifle de la funda.

También sus perseguidores hacían lo mismo. Y no queriendo correr riesgos peligrosos, disparó Joe. Los dos jinetes saltaron de los caballos rodando aparatosamente por el suelo. Y al llegar junto a ellos, comprobó que estaban muertos.

Cuando regresó a la vivienda, el cocinero le contemplaba desde la puerta de sus «dominios», la cocina.

Así que supo el cocinero lo ocurrido, recomendó a Joe:

—Márchate de aquí... Hazlo sin más pérdida de tiempo.

—Es lo que voy a hacer... Pediré a Winona que me admita en su equipo.

—En esos bosques correrás los mismos peligros. Lo que debes hacer es alejarte.

—Fuera de estos bosques, es distinto.

—¿Es que crees que agradará a Clark...? No creo que te vaya mejor allí. Clark sabe que te ves en la montaña con ella. Supone que estáis enamorados...

—¿Quién te ha dicho esto?

—Lo han comentado esos dos en el comedor.

Esto preocupó a Joe. No le agradaba meterse en otro avispero con los mismos peligros para él. Y por lo que estaba oyendo, indicaba que Lewis y su padre conocían sus entrevistas con Winona que no tenían nada de amorosas.

Era consciente de que se movía sobre un polvorín.

Uno de los madereros que había oído los disparos encontró

los dos caballos sin jinetes y escudriñó los alrededores. Pero los animales al faltarles el peso de los mismos habían seguido alejándose demasiado del lugar en que estaban los cadáveres. Razón por la que no pudo dar con ellos.

Joe habían llevado el primer cadáver lejos del almacén para no comprometer al cocinero.

Lo transportó en el caballo del muerto y así podría hasta parecer un accidente, ya que dejó caer el cadáver al fondo de un profundo barranco donde darían cuenta de él las abundantes alimañas.

Durante la comida, algunos madereros comentaron las ausencias, pero como los tres que faltaban solían andar juntos y llegar tarde, no le concedieron mayor importancia.

Bill quedó preocupado al escuchar a Joe que le informó de todo lo ocurrido.

—Continuar aquí es un peligro —dijo Bill—. Vamos a marchar los dos. Iremos a ver a la propietaria de los bosques vecinos o a O'Neal.

—También podemos pedir trabajo a esa compañía minera que explota las minas de Enterprise.

Decidieron al fin ayudar a Winona y pedirle trabajo en la seguridad de que accedería la muchacha. Necesitaba expertos taladores que no encontraba.

Los madereros se preparaban para ir a Wallowa que estaba más cerca que Joseph. Bill y Joe se hicieron los remolones para llevarse todo lo que tenían.

Y cuando llegaron a las viviendas de Winona, la muchacha se alegró mucho de la visita.

—Ahora es cuando podré prescindir de Clark —decía—. Estoy segura de que obedece órdenes de Ferdinand para robarme la mejor madera de mis bosques que vengo echando de menos hace tiempo.

—Nosotros impediremos que sigan robando esa madera y colgaremos al que sorprendamos en esa «faena» —dijo Joe.

—Te vas a hacer cargo de toda la explotación de mis bosques así como del aserradero —le replicó ella—. No me fío de ninguno de los taladores o pertigueros.

—Y haces bien en no fiar de ellos.

Mientras ellos hablaban con Winona, Clark se encontró con Keanu.

—¿Has ido por Joseph? —preguntó Keanu.

—No.

—Entonces no sabes que han muerto los «gorilas» de Lewis, ¿verdad?

—¿Es posible...? ¿Qué ha pasado...? Si se trata de un accidente...

Cuando escuchó lo sucedido, comentó Clark:

—Así que ha sido ese gigante que tenéis en los bosques del norte, ¿no? El que se ve con Winona en la montaña y que no sé lo que están planeando, porque no creo que estén enamorados como la primera vez que les vi.

CAPITULO III

—Hay que ser prudentes. No conviene abusar... Se dará cuenta ella. Es una zona que más suele frecuentar. Ya me llamó la atención diciendo que había visto troncos vuestros en nuestros depósitos.

—Vamos a hacer llegar varios centenares de troncos a los aserraderos... Esa madera es de la mejor clase que existe en todo el territorio de Oregón.

—Ella sabe que talamos en su propiedad. Ha ido a reclamar en varias ocasiones a las autoridades locales.

—¿Quién es el nuevo *sheriff*?

—Un buen amigo. Que vaya a protestar ante él —decía riendo Keanu.

—¿Cuántos troncos esta vez?

—No conviene, como bien dices, excederse en los envíos a los aserraderos. Con medio centenar de troncos, a cinco dólares, se consigue una bonita cantidad todos los meses.

—Cuenta con que he de repartir... No sois nada generosos. Conseguiré aumentar los ingresos vendiendo directamente a los aserraderos... Puedes decir a Ferdinand que no hay trato.

—Está bien. Pagaremos a seis y medio... No estoy autorizado a más.

Acabaron cerrando el trato en siete dólares su cuenta.

Cuando llegó Clark a las viviendas uno de los incondicionales le dijo:

—La patrona tiene visita...

—¿Conocida?

—Es gente que no había visto antes...

—¿Es que son varios?

—Tres. Por lo menos son los caballos que hay a la entrada de la vivienda principal y al verles asomados a la ventana en compañía de la patrona ninguno de esos rostros me resultó conocido.

—Iré a comprobarlo.

Y Clark se encaminó decidido a la vivienda principal.

Uma, que atendía los trabajos de la casa y cuidaba de Winona, al abrir mostró su desagrado por la persona que llamaba.

—¿Querías algo?

—Hablar con la patrona.

—En estos momentos se halla ocupada... Puedes venir mañana.

—¿Ocurre algo, Uma? —preguntó Winona desde el comedor.

—Es Clark que dice precisar hablar contigo.

—Dile que entre.

Mostrando su orgullo, Clark sonrió de una manera especial. Sonrisa que se convirtió en extraña mueca al ver a Joe al que conoció en el acto. Acababan de informarle que estaba muerto y le encontraba allí.

—Adelante, Clark —invitó Winona—. ¿Conoce a esos dos amigos...? Lamento no poder presentarle al que se ha marchado.

—Creo que trabajan como taladores en los bosques de los Ferdinand.

—¡Lo crees...? Había imaginado que lo sabías. Nos has visto en algunas ocasiones en la montaña cuando estábamos hablando. Por lo menos es lo que comunicaste a tus amigos y cómplices en los bosques que trabajas.

—Supongo que no habrás venido a insultarme. La patrona sabe que no es verdad lo que estás diciendo.

—Soy yo la que está convencida de ello... Estás permitiendo que talen árboles en los bosques de la mejor calidad recibiendo a cambio una compensación por ello. Si crees que me tenías engañada, te equivocas.

—No es posible piense así de mí... ¿No serán éstos los que están talando árboles y llevándose la madera?

De conocer a Joe, nunca se habría atrevido a hablar así. Minutos después arrastraba el cuerpo de Clark, sin vida a causa de los potentes golpes que acabaron hundiéndose materialmente de la cabeza, hasta la vivienda de los madereros.

Una vez en ella y contemplando con asombro por los que descansaban sobre sus respectivas literas, dijo:

—Encargaos de entregar al enterrador el cuerpo de este cobarde ladrón.

Cuando quiso reaccionar el personal, había marchado Joe.

Rodearon el cadáver y el que le dijo que había visita en la otra casa lo comentó con sus compañeros.

—De haber sabido que iba a costarle la vida, no le habría dicho nada de la visitas. ¿Quién es ese gigante?

—Es un maderero de los Ferdinand. Está con Thomas —aclaró uno.

—La patrona tenía que darse cuenta de lo que está pasando. Lo hacía con descaro. Ha dejado que se metan los troncos de Ferdinand en los depósitos del río pertenecientes a estos bosques.

—Está bien..., pero ya ves a lo que ha conducido.

—Tendremos que saber qué es lo que ha pasado en la otra vivienda.

Joe, que se había quedado junto a la puerta para saber cómo reaccionaban y conocer a los leales, entró diciendo:

—Yo te lo explicaré. ¡Aunque tú sabes que eres un ladrón porque le has estado ayudando a llevarse los mejores troncos de los bosques en el trabajo! Te he visto.

El maderero, sorprendido, retrocedía asustado.

—¿Es que le vais a consentir que me mate también a mí? —dijo a tres, que por tener sus armas colgadas junto a la litera trataron de alcanzarlas.

Cuando abandonó la nave o vivienda del personal, eran cuatro los que tenían que llevar para que recibieran las atenciones del enterrador.

Bill acudía corriendo al oír los disparos y llevaba su Colt en la mano.

—No hay nada que temer. Ya pasó todo —dijo Joe al encontrarse con él—. Van a tener que hacer horas extraordinarias en la funeraria.

—Acabarán aborreciéndote...

—Lo supongo.

Winona estaba muy nerviosa a la puerta de la vivienda. Se tranquilizó al ver a Joe.

—Vamos a limpiar estos bosques de ladrones y granujas. Y haremos que se respeten los troncos que hay en los depósitos.

En la ciudad se hablaba del posible nombramiento de Russo Ferdinand. Los amigos lo daban ya como cosa hecha.

—¡Lewis! ¿Qué manera es ésa de entrar en...?

—Disculpa, papá... ¡Acabo de oír comentar algo en la ciudad que me ha puesto muy nervioso! Es sobre tu posible nombramiento...

—¡Ah! De momento no se me ha comunicado nada de manera oficial. Hasta que esto suceda conviene ser prudentes... Ya conoces a la gente. Le gusta hablar demasiado. Aunque parece que hay ciertas posibilidades de que sea designado fiscal general.

—¡Eso sí que es una gran noticia! Toda la parte este de Oregón te votará a ti, ¿verdad?

—Eso espero. Pero no sólo podré salir elegido con esta parte del territorio.

—Puedes hacer una campaña que te convierta en la segunda máxima autoridad de Oregón. Solamente el gobernador estaría por encima de ti.

—Es pronto para hacerse tantas ilusiones... Estaba echando un vistazo a los libros en los que, por cierto, han sido cargados unos gastos que no acabo de entender. Tendrás que tener más cuidado con la contabilidad de este aserradero, hijo. Entiendo que los beneficios deberían ser superiores a lo que refleja la contabilidad. Pero hablaremos de esto en otro momento. Ahora si no te importa déjame solo. Estoy esperando a unos compradores con los que necesito discutir unos precios.

—Está bien. Pero no podrás evitar que piense en lo que voy a presumir con ese posible nombramiento tuyo.

—Querrás decir que vamos a presumir... Incluida tu hermana Pauletta.

Acabaron hablando de las muertes que había hecho Joe.

—Tendrá su castigo ese gigante —dijo el padre—. Vas a ir a la oficina del *sheriff*, Lewis, para decirle que venga a verme... Hay que preparar el recibimiento a unos amigos que llegarán de Salem y Portland. El éxito de mi nombramiento depende mucho de ese recibimiento. Saldrá a recibirles toda la población.

—¿Vas a enviar tu carruaje a recogerles...?

—Sí. Iré yo hasta la posta. Y les acompañaré hasta nuestra mansión. Daremos una fiesta grandiosa. Quiero que se lleven una buena impresión y desde luego que se den cuenta de nuestro desenvolvimiento económico.

—Eso lo apreciarán nada más llegar. ¿Vienen muchos?

—Cuatro solamente, pero su importancia obliga a lo que estoy diciendo. Mientras estos invitados estén en la casa no quiero violencias. Debéis pensar que se habla en Salem de mí como uno de aquellos caballeros de Virginia que marcan la distinción de este país.

—En esos días no vendrá ninguno del campamento de los bosques del norte, ¿verdad?

—Saben comportarse si es necesario, pero no vendrán. Acudiré a la posta en cuanto haya terminado con los compradores que estoy esperando. ¿Qué hay de Winona? Se está estudiando seriamente la formalización de esa Asociación de Propietarios de Bosques y Aserraderos. Interesa para entonces que sus propiedades estén en nuestras manos.

—¿Crees que interesa esa asociación? —dijo Lewis.

—Mucho más de lo que tú puedas imaginar... La mejor madera de Oregón está en los bosques que Winona heredó de su padre.

—Pues no te hagas ilusiones respecto a esa propiedad, no la vas a conseguir; Winona no venderá a ningún precio.

—Cuando llegue el momento ya veremos. O entra a formar parte de la asociación, en cuyo caso la compra de esos bosques no tendría lugar, o tendrá que vender. Es algo que algún día...

—Proyectos para cuando yo tenga tus años —le interrumpió Lewis riendo.

—Mi proyecto es mucho más inmediato. Hablaremos de ello en otro momento... Mucho va a depender de mi posible nombramiento.

—Lo comprendo. Pero lo nuestro es la madera y en especial la de buena calidad.

—Eso no es necesario descartarlo. Es algo que no precisa de mi continua presencia aquí. Es hora que te hagas cargo de la explotación de nuestros bosques y los dos aserraderos, mientras yo ando por Salem.

Lewis reía complacido.

Eso indicaba que iba a ser el verdadero dueño del imperio de su padre. Se haría respetar mucho más.

—Y no olvides que los bosques de Winona unidos a los nuestros nos permitiría tocar el cielo con las manos.

—¡Hum...! Dudo mucho que logremos convencerla...

—Eso depende del trato que se le dé y de cómo se hagan las cosas.

—Ten en cuenta que ese gigante con manos tan rápidas es su asesor personal.

—Recuerda que vas a necesitar la ayuda de tu hermana... Te será muy útil.

Cuando los dos hermanos hablaron a solas, dijo Lewis:

—Papá esté envenenado con su posible nombramiento desde que va por Salem con tanta frecuencia.

—No te preocupes... Sabe muy bien lo que hace. Y en cuanto a ser engañado no corre ese riesgo. Será él en todo caso quien engañe a los demás... Es astuto como el zorro. Yo sé cómo consiguió levantar este imperio del que tú y yo gozamos hace tiempo...

Pauletta refirió a su hermano alguno de los descubrimientos que había hecho.

—¡No es posible...!

—Que nunca se te escape una palabra...

—Debes de estar tranquilo.

—¡Ha sido todo un personaje...! Ya se le conocía en aquella época como Ojos de Serpiente. Dejó una huella imborrable a su paso por las cuencas auríferas de California y Colorado. Y sé que hay en muchos pueblos de esos territorios varias cuerdas engrasadas para ser ajustadas al cuello del célebre Ojos de Serpiente, como llamaban por aquel entonces a nuestro padre.

—Por aquel entonces y ahora —corrigió Lewis a su hermano—. ¿Crees que con esos antecedentes puede ser fiscal general?

—¿Y quién lo sabe? Al menos es lo que se rumorea en la ciudad. Está completamente desconocido. He visto fotografías suyas en pasquines que guarda y te puedo asegurar que de aspecto son dos personas distintas... No hay riesgo de poder relacionar al uno con el otro.

—Debió de ser algo terrible su paso por esas cuencas. Y si es cierto lo que me has contado que eliminó a su propia banda para no tener que repartir con los que le había ayudado a conseguir la fortuna con la que llegó a esta región y empezó a comprar bosques...

Después de esta conversación, paseó Pauletta por el bosque a pie evitando el acercamiento al río.

Se daba cuenta de que un cambio se estaba verificando en ella; se sentía arrepentida de esos brotes de ira y de odio por su falta de belleza. Empezaba a comprender que los demás no tenían culpa. No le agradaba ser hija de un hombre así... Y empezaba a odiar a su hermano.

Se sentó bajo un árbol con la parka bien abrochaba obligada por la baja temperatura y pensando en lo que decía a Lewis cuando le hablaba de sus hazañas, se cubrió el rostro con las manos y rompió a llorar.

Era la primera vez que lloraba en su vida o que ella recordara. En este trance discurrió con rapidez el tiempo. Y cuando se levantó para seguir caminando, se iba diciendo que tenía que cambiar.

El descubrimiento de la verdadera personalidad de su padre había influido mucho en ese cambio, aunque ella no lo supiera apreciar.

Pensó en las víctimas de que hablaban los pasquines y recortes de periódicos que conservaba su padre.

No se daba cuenta del paso del tiempo. Y se le echó la noche encima antes de regresar a las viviendas. Cuando llegó, ya había cenado su familia y marchado a la ciudad. Cosa que le agradó porque necesitaba estar sola.

Y aunque se metió en la cama pronto, la luz del nuevo día llegó sin haber podido conciliar el sueño.

Se levantó sin encontrarse cansada a pesar de ello. Y marchó a pasear de nuevo.

Había tomado una firme decisión que estaba segura iba a producir una verdadera conmoción en su familia.

Dirigió el caballo hacia los bosques de Winona.

Y al pasar por la parte en que los troncos marcados con la «F» de los Ferdinand estaban en lo que sabía era propiedad de Winona, se dedicó a abrir la compuerta para que la corriente de agua los arrastrara hacia otros depósitos.

Uno de los madereros de los Ferdinand se quedó asombrado de lo que veía. Y al acercarse para comprobarlo, le gritó Pauletta:

—¡No te quedes ahí, estúpido! Ven a ayudarme. Hay que hacer salir todos estos troncos de este depósito de la huérfana.

Acudió el maderero más sorprendido aún y replicó:

—¿Sabe tu padre y el capataz que haces esto?

—Eso a ti no te importa. Lo que hemos de hacer es apartar esos troncos que se han quedado cruzados e impiden que sean arrastrados por la corriente del agua los demás.

Cuando una hora más tarde conseguían su propósito, la muchacha respiró profundamente al ver desaparecer todos los troncos marcados con la «F» familiar.

El maderero cabalgó hasta las viviendas. Y pidió permiso para hablar con Winona.

Joe estaba sentado conversando con la muchacha sobre asuntos de nuevas talas en los bosques.

Winona mostró su asombro al escuchar al maderero.

—...Y estoy seguro —decía— que no lo saben su familia ni el capataz lo que ha hecho. Me ha sorprendido también que bromeara conmigo y que hablara con naturalidad. ¡No sé qué ha podido pasarle...! Pero aseguro que no es la misma.

—Si no está de acuerdo con su familia ni con el capataz éstos harán llegar troncos de sus bosques a ese depósito nuestro —dijo Winona.

—Tal vez esa muchacha ha empezado a reaccionar... Malos momentos debe de estar pasando, porque la compañía de su familia y de los madereros no ha de ser suficiente... Esperemos a la reacción de sus mayores.

—Es de imaginar. Hacer llegar de nuevo los troncos a ese depósito de nuestra propiedad.

—Si lo hacen..., que lo dudo, yo iré a hablar con ellos.

—¡Eso, no! —exclamó Winona—. Te colgarían. Ten en cuenta que has matado a varios hombres suyos.

—Acudiremos a las autoridades...

—Que no harán caso. Tienes que admitir de una vez que en esta región impone su ley el mismo: ¡Ferdinand! Y ahora que está nominado como candidato a fiscal general en Salem, su influencia será mayor.

—Depende del «lenguaje» que se emplee al hablar con esas autoridades.

—Es que me asusta... Cuentan con todo un ejército de pistoleros que se refugian en sus bosques. Ahora quien me tiene intrigada es Pauletta.

A la hora del almuerzo la sorpresa de Winona fue mayor. En plena comida se le presentó Pauletta. Esta era la visita que menos podía esperar.

—Sé lo mucho que te sorprende mi visita, pero necesito hablar con alguien o terminaré por volverme loca.

Más de una hora estuvo Pauletta descargando su conciencia entre lágrimas. Winona, emocionada con la sincera confesión de la que consideró en todo momento enemiga suya, acabó llorando también. E impulsada por un ardiente deseo abrazó a la muchacha.

CAPITULO IV

—Si tienes algún problema con tu familia sabes que aquí tienes tu casa...

Dicho esto, Winona mandó llamar a Joe refiriéndole lo que acababa de suceder con la inesperada visitante.

Tendió su mano a Paulette diciendo:

—Me sentiría muy honrado si me consideraras tu amigo... ¡Hace falta tener un gran valor para...! —la abrazó Joe sin poder contenerse.

Con lágrimas en los ojos, añadió:

—¡Eres una mujer admirable...! Estoy seguro que a partir de ahora te encontrarás mucho mejor, ya lo verás. Posees algo interno francamente envidiable...

La convencieron para que se quedara a comer con ellos y conversaron como tres viejos amigos.

—No sé si harán llegar de nuevo otros troncos de nuestros bosques, pero no os preocupéis. Yo me encargo de que el nominado para fiscal general respete la propiedad ajena. Ahora está más obligado que antes. Va a creer que me he vuelto loca cuando me oiga hablar. Ya no será la víbora de antes la que lo haga.

—No debes enfrentarte a él. Tienes que ser astuta e ir ganando terreno poco a poco —recomendó Joe.

—Quien me preocupa es el capataz, pero si me cansa le meteré una bala entre los ojos...

Pauletta procuró llegar a la casa cuando su padre y hermano

estuvieran divirtiéndose en la ciudad. Siguiendo los consejos de Joe decidió no provocar el enfrentamiento con su familia.

Llegó el día en que anunciaron su llegada los cuatro personajes que Ferdinand estaba esperando, cuando dijo mientras esperaba le trajeran su famoso calesín:

—¡Lewis! ¿No observas algo raro en tu hermana?

—No. ¿Qué es lo que ves tú en ella?

—Su comportamiento... Incluso saluda a los madereros y sirvientes. ¿Lo había hecho antes?

—Pues, no. Sí que es extraño. ¿Estás seguro de que les saluda?

—Y hasta se detiene para hablar con ellos interesándose por la familia... ¡Fíjate en ella! Bueno, hemos de ir a buscar a esos amigos. Sólo son cuatro. Podremos volver todos en mi vehículo.

Los cuatro caballeros que vestían al último grito de la usanza ciudadana miraban sorprendidos desde el elegante calesín de Ferdinand a los que en las calles de la población aplaudían a su paso.

—Es evidente que les admiran, Ferdinand —comentó uno.

—Siempre es agradable ser estimado de este modo...

Entraron en un local que pertenecía a los Ferdinand. Los empleados, muy serviciales, les atendieron con delicado servilismo y presteza.

Cuando estaban bebiendo, uno de los elegantes, dijo:

—Ya que estamos tranquilos, le diré que ha sido designado candidato. A partir de ahora puede decirse que hay que empezar a preparar la campaña. Esto cuesta mucho dinero.

—Lo sé. Les facilitaré todo el dinero que haga falta.

—¡Enhorabuena, papá!

—Hay que hacer carteles y grandes anuncios. Tendrá que hacerse una fotografía para ampliarla a gran tamaño...

—No hace falta. Bastará con el nombre. Así les quedará la duda de si soy joven o de edad madura.

—Empezaremos cuando regresemos a Salem.

Ferdinand sonreía al darse cuenta de que esos cuatro elegantes habían ido en busca de dinero con el pretexto de la campaña. Pero no estaba dispuesto a dejarse engañar. Sentía deseos de disparar sobre los cuatro. En otra época de su vida, ya estarían muertos.

Las autoridades de Joseph prepararon toda una fiesta en honor al candidato, ya que Lewis lo hizo saber.

La fiesta tendría lugar al siguiente día.

Pauletta fue presentada a los forasteros, que la miraron con indiferencia.

—Así que han hecho a mi padre candidato a fiscal general. ¡Vas a ser todo un personaje, papá! ¿Es que no había otros más conocidos? No creo que te conozcan, lejos de esta región, ni una docena de personas.

—Ignoras lo que se consigue con el dinero y la bebida...

—Ella no sabe que estas campañas son caras. Y tu padre es el hombre que está sobrado de recursos para financiar varias semanas de agitada acción. No está al alcance de cualquiera.

—Confieso no entender nada de política; pero sinceramente no creo que mi padre sea hombre para regir los conflictos jurídicos de Oregón.

Russo miraba muy sorprendido a su hija.

—Es extraño que su propia hija hable así de usted, Ferdinand —replicó uno de los elegantes forasteros.

—Está habituada a la vida en los bosques. Y considera que yo no me adaptaría a la de ciudad.

Mientras los huéspedes dormían, ya por la noche, Russo salió de la casa y marchó al pueblo o ciudad. Despertó al de la placa y le dijo que a primera hora enviara un telegrama que le dejó redactado.

Preguntaba si era cierto que había sido nominado candidato.

La respuesta le iba a sorprender, porque pudo confirmar tal nominación.

Completamente envanecido, habló en la fiesta con bastante buen sentido. Y los cuatro elegantes demostraron saber hablar y halagar.

Joe y Winona llegaron a la ciudad, cuando la fiesta estaba en el momento de los discursos.

En el taller del herrero les dieron cuenta del nombramiento de Ferdinand para candidato a fiscal general...

Joe se echó a reír.

—¿Es una broma? —exclamó—. ¡No puedo creerlo!

—Pues no hay duda. Lo ha confirmado él mismo por telégrafo.

Varios grupos de madereros recorrían por la tarde la población dando vivas a Ferdinand.

Los dos jóvenes salían del taller cuando uno de los manifestantes disparó sobre un hombre porque no gritó con él lo mismo. Iban otros tres manifestantes con el que disparó y reían a carcajadas al ver a la esposa del muerto que corría hacia el ser querido llamándoles asesinos.

Joe se separó de Winona y se acercó a la mujer que lloraba abrazada al muerto.

—¿Qué ha pasado?

—¡Asesinos! ¡Le han matado por no querer gritar viva Ferdinand!

—Tu esposo era uno de los tenían envidia a mi patrón —aclaró el asesino.

—¿Es que estaba obligado a gritar lo mismo que vosotros?

—Tienen que hacerlo todos...

—Menos yo. Y añado que merecéis ser colgados los cuatro por ventajistas asesinos. ¿Alguna aclaración más?

Se miraron los madereros y se volvieron a reír.

—¡Está loco! —exclamó uno.

—¡Cuidado! —añadió otro—. Es el que mató a los «gorilas» de Lewis.

—¿Y qué temes? ¿Que pueda repetir su ventajismo?

La intención del que hablaba de empuñar el Colt precipitó la respuesta de Joe, que mató a los cuatro.

Los testigos desaparecieron para evitar el tener que dar explicaciones a los hombres del gran amo de los bosques, como así era considerado también Russo Ferdinand.

Winona, temiendo que se presentaran los manifestantes que seguían gritando llenos de bebida, se llevó a Joe hacia sus viviendas.

Los manifestantes al informarse buscaron a Joe. Y uno de ellos, más sobrio que los demás, fue al local en que se celebraba la fiesta en busca del representante de la ley. Y habló con él en voz baja.

Estaba hablando uno de los elegantes. Era la última intervención.

—¿Por qué dispararon sobre Phill...? —preguntó el de la placa.

—Porque no iba en la manifestación. Ha sido un crimen alevoso, que hará mucho daño.

—Pero ese muchacho ha vuelto a matar a varios a la vez. Hay que preocuparse de él.

—Los tres se estaban riendo y un cuarto intentó sorprenderle.

—Tendré que detenerle. No le voy a permitir que siga utilizando las armas con tanta impunidad.

A los pocos minutos, había una manifestación ante el local en que se celebraba la fiesta con gritos de: ¡muera Keanu!

El de la placa, que salió para que marcharan los manifestantes, entró completamente lívido.

—¡*Sheriff*...! —llamó Russo—. ¿Por qué no haces callar a esos borracho?

—¡Reclaman venganza! Han matado a Phill el ayudante del herrero. Se ha suscitado una verdadera batalla en las calles. Los manifestantes están huyendo. Varios muertos ya... Y quieren incendiar este local.

Los invitados abandonaron sus asientos y empezaron a desfilar hacia la otra salida que tenía el local.

Russo era uno de los que corrían hacia esa salida.

Pauletta salió por la puerta principal y levantó las manos exigiendo silencio a los que gritaban ante la puerta.

—¡Escuchadme todos! —comenzó al conseguir su propósito—. Creo que estaréis muy acertados si incendiáis este santuario de ventajistas...

Estas palabras produjeron una enorme sorpresa en los oyentes. Palabras que precipitaron el baño de líquido inflamable de aquel edificio templo de ventajistas.

Era el incendio más importante que habían visto en la ciudad.

Los invitados de Russo, con él y Lewis giraron sus cabezas en su huida sobre el elegante calesín para contemplar el resplandor de las devoradoras llamas.

—¡Malditos hijos de perra...! —bramó Russo—. ¡Ha costado una fortuna ese local!

—Creí que le estimaban de veras... —decía uno de los elegantes invitados de los Ferdinand.

—Es la consecuencia de llenar de bebida a los madereros —añadió otro.

—¿Y Pauletta? Creí que venía con nosotros —dijo Russo al darse cuenta de que no era así.

—No te preocupes por tu hija... Sabe defenderse.

Una vez en las viviendas del amo de los bosques, recibieron la visita de un maderero para anunciarles que se había tranquilizado todo y que habían resultado algunos heridos; tres de ellos muy graves.

—Y los cuatro muertos que hizo ese gigante que está con Winona.

—¡Eeeeh...! —exclamó Lewis asombrado—. ¿Es que ha vuelto a matar?

—A los que dispararon sobre el ayudante del herrero...

—¿Qué hace el *sheriff*?

—Se ha tenido que encerrar en la oficina para no ser linchado... Pero ya se ha normalizado todo. Aunque lo que nadie comprende es que haya sido precisamente Pauletta la que animó a que incendiaran el local. Dijo que era un santuario de ventajistas.

—¡Esa muchacha se ha vuelto loca...! Bueno..., creo que lo

está hace tiempo. Sabe que ese local costó una fortuna —decía Russo.

—¡Está para encerrarla! —bramó Lewis.

Joe y Winona, ajenos a lo que pasaba en la ciudad, llegaron a la casa con las compras realizadas por ella.

—No comprendo a las altas autoridades. ¿Cómo es posible que a Ferdinand le hayan nombrado candidato nada menos que para fiscal general? —pensaba en voz alta Winona—. Es como meter al lobo a cuidar de las ovejas.

—¿No buscarán arrancarle algún dinero al amo de esta región? Dudo que pueda resultar elegido.

—Sería una enorme desgracia si así fuera.

Joe estaba con los pertigueros y taladores dando instrucciones, cuando Pauletta se presentó en la casa.

Y refirió lo que había pasado en la ciudad.

—Era un templo de ventajistas...

—¿No era el dueño tu padre...?

—Eso no importa...

—Yo diría que sí importa... ¿No tendrás problemas con...?

—Dilo. No temas... ¿Ojos de Serpiente?

—Sí, eso iba a decir.

—El y mi hermano piensan que estoy algo loca. Es posible que esto despeje las dudas que puedan tener los dos... Sé que ha costado una fortuna ese local... Y los que más me van a odiar son los ventajistas que se encargaban de limpiar los bolsillos de los incautos y mineros que caían en sus manos.

Winona se emocionó oyendo a Pauletta y se daba cuenta del cambio tan enorme que esa muchacha había experimentado; y en el fondo pensaba también que estaba loca.

—Puedo quedarme, ¿verdad?

—Desde luego. El tiempo que quieras, pero mucho cuidado con Ojos de Serpiente. No te va a perdonar lo que has hecho.

—Lo que en realidad no me perdona es que me haya negado a ayudarle en su propósito de conseguir tus posesiones. Desconozco la razón, pero no hay duda de su gran interés por esta propiedad. Intentarán por todos los medios obligarte a vender.

Al regresar Joe y ver a Pauletta, se alegró. Le agradaba el cambio que la muchacha estaba manifestando.

Dio Winona instrucciones a uno de sus madereros para que fuera a informar al amo de los bosques que su hija pasaría unos días invitada con Winona.

—Imagino lo asustados que están mi padre y Lewis... Se han convencido de que no tienen a toda la región en sus manos como ellos creían.

—Yo sería más prudente. Piensa que ha sido una reacción impulsada por el alcohol. Cuando desaparezcan los efectos, volverán a su servilismo habitual. ¿Ha vuelto a nombrar nuevos «gorilas» Lewis?

—Lleva otros seis que deben de ser más crueles que los anteriores. Sus ojos son tan fríos como los de mi padre. Miran como las serpientes también. Planeaban una gran «fiesta» en Wallowa.

—No creo que esas autoridades se lo permitan. No es Joseph... —dijo Winona—. El *sheriff* es un personaje muy serio y recto...

—¿A qué han venido esos elegantes que tiene tu padre como invitados? —preguntó Joe.

—A comunicar a mi padre que ha sido nombrado candidato y porque les invitó mi padre en Salem... Afirma que son muy influyentes. A mí me parecen vulgares estafadores que vienen buscando su dinero...

Joe reía de muy buena gana.

—Esa es mi opinión personal también... Tu padre es hombre rico... Y si consiguiera ser nombrado fiscal general, aplicaría sus conocimientos como abogado a su enriquecimiento personal. Esos cuatro elegantes vienen buscando su dinero.

—Bueno... El viejo no es de los que sueltan el dinero con facilidad.

—Son profesionales del engaño...

—Permitidme que lo dude. Mi padre tiene un gran «olfato» en estos casos. Acabarán siendo engañados por él...

Pauletta pensaba en lo que había descubierto. Su padre, de ser fiscal general, era muy capaz de perpetrar el atraco al banco de Salem que más reserva de dinero guardra en su caja fuerte, sin que sospecharan de él.

—Pero son más hábiles los que tendrá como consejeros... —añadió Joe.

—No lo creas... —replicó la joven sonriendo.

Ella tenía argumentos para hablar así, pues conocía de sobra a su padre.

Los campamentos madereros reanudaron su actividad en todos los bosques propiedad de los Ferdinand.

A los aserraderos llegaban los troncos que eran estibados para su secado, una vez que sufrían el proceso de pasar por las potentes sierras mecánicas.

Joe reforzó la vigilancia en el río, la zona más conflictiva que tenían.

Los taladores, tomando como ejemplo sus demostraciones, se convencieron de lo práctico que resultaba el nuevo sistema. Revolución que llegó también al aserradero propiedad de Winona.

—¿Alguna novedad en el río? —le preguntó Winona durante el almuerzo—. Desde hace unos días vengo observando en ti como si te preocupara algo.

—He implantado un nuevo sistema de trabajo en los bosques ciertamente agotador. Tal vez sea algo lo que te haga ver en mí...

—¿No ocurre nada?

—Te habría informado de ello si así fuera...

No quiso añadir que lo que necesitaba era tomarse unos días de descanso, cosa imposible en aquellos momentos.

Finalizada la comida dijo estar citado en el aserradero.

—¿Tan pronto? Hablemos de esa maquinaria nueva que ha empezado a funcionar en el aserradero. Me sorprende que no me hayas dicho nada.

—La productividad ha aumentado considerablemente con esas dos nuevas sierras. Lo comprobarás cuando consultes tu cuenta del banco...

Acabaron hablando de una importante compañía minera que había hecho una importante oferta por una zona de los bosques propiedad de Winona.

—Esperan que les dé una respuesta... Pero eres tú quien debe decidir —decía Joe.

—Sabes que vengo limitándome a seguir tus consejos. Lo que tú decidas, bien decidido estará. Si consideras interesante la venta de esa parte, adelante.

—Soy partidario de todo lo contrario precisamente. Llevo un par de días intentando averiguar ese interés por parte de la compañía minera.

CAPITULO V

En las calles de Portland había una gran animación. Animación que se convertía en agitación ante las oficinas de la Gold Company. En el interior del edificio los empleados salían de un despacho para entrar en otro. Todo ello con una gran actividad.

Se estaban reuniendo informes, datos, números y fechas para completar el dosier que querían presentar en el despacho del presidente al que acompañaba el director general.

Cuando el movimiento cesó, había sobre la mesa del presidente un montón de documentos.

—No era necesario este fárrago de papeles... —dijo el director—. No es aquí donde hay que dar solución al problema.

—Aquí están los granujas que han provocado el escándalo. Pero no van a conseguir lo que sin duda esperan.

—¿A qué se refiere...?

—A esa situación falsa por la que algunos afirman que atravesamos.

—Dicen que la cotización de nuestras acciones está cayendo verticalmente.

—Una manera deliberada de provocar el pánico.

—La visita de ese periodista a los bosques del norte es lo que ha provocado la alarma.

—No existe tal visita... Le han facilitado los datos aquí... Ese granuja no ha pisado un solo acre de aquellos bosques.

—¿Sabe que hasta los consejeros, asustados, están vendiendo los paquetes de acciones que poseían...?

—Con lo que han perdido el derecho de ser consejeros.

—Eso es otra cuestión discutible, por cierto.

—Se demostrará. No se preocupe. Déme todos esos papeles los que se refieren a la explotación de las minas del norte. Es lo que me interesa.

El director estuvo buscando entre los papeles y al fin entregó unas relaciones al presidente de la compañía.

Este repasó con rapidez y dijo:

—Agradezco su colaboración. Deje esos documentos ahí... He de repasarlos con tranquilidad.

—La situación es preocupante... Puede suceder lo que usted sabe si se pierde por completo el control de la compañía.

—¿Crees que con un incremento en el capital social se podría...?

—No veo más solución que la venta de las minas del norte. En Carson City se encontraría comprador que permita salir de esta situación...

—¿Quién va a comprar unas minas después de lo que ha publicado ese periodista? Si afirma que las minas del norte están agotadas no habrá quien invierta un solo centavo en ellas.

—En Carson City desconocen la situación real.

—Eso sería un engaño. Y no me agrada la idea...

—Pero si en los próximos días caen de nuevo las acciones...

—Volverán a subir... Es cuestión de paciencia. Habrá inversores que compren Gold Company...

—No me parece que ha comprendido la verdadera situación en que nos hallamos. La primera medida y más urgente es buscar una pequeña compensación con la reducción de personal. Hay que empezar a soltar lastre para que el barco no se hunda. Estamos sin reservas para hacer frente a los gastos.

—Es cuestión de unos días...

El director se encogió de hombros y abandonó el despacho.

Se abrió violentamente una puerta que comunicaba con otras dependencias.

—¿Has oído a ese granuja...? —dijo el presidente a su hijo Richard.

Este, sentóse frente al padre y replicó:

—Es tal vez el mayor responsable de la maniobra. Y le voy a colgar donde todo el mundo pueda contemplar su cadáver.

—Nada de violencia aún... Perjudicaría la situación... Quedan pocas acciones por salir al mercado. ¿Cuántas tenemos ya...?

—Un noventa y cinco por ciento... Prácticamente somos propietarios absolutos.

—Hay que esperar que salgan las que faltan al mercado...

—No te hagas ilusiones... Mañana carecerán de cotización. Voy a marchar a los bosques del norte. Y haré una limpieza en esas minas colgando a los que están reduciendo deliberadamente la producción.

—¡No...! Te necesito aquí. No es necesario que vayas.

—Pues yo lo considero imprescindible —dijo Richard—. Alguien nos está traicionando en esas minas. Es la única manera de conseguir que aumente la producción que salvará la compañía.

—Es una buena idea... Sí, señor... ¡Magnífica idea!

—Pero he de ir a esos campamentos mineros. Empezaré por cambiar el personal técnico y al encargado general de aquella zona. Está claro que sirven a nuestros enemigos.

—Que se han de estar frotando las manos por suponer que la Gold Company entrará en una quiebra técnica irrecuperable, que exige la venta precipitada de nuestras minas.

—Las más importantes son las de los bosques del norte o a orillas del río Grande Ronde.

—Me aterra pensar que has de meterte en aquel infierno.

—Pues no hay otro medio de impedir la quiebra total.

—Se puede hacer esos cambios de personal sin necesidad de que vayas... ¿Sabes si consiguieron sacar a Joe de esa penitenciaría?

—Sí; pero no creo que podamos contar con él... El tiempo que pasó conviviendo con los más peligrosos asesinos los dedicó a pensar en su venganza...

—Escríbele si sabes dónde está...

—Es que no lo sé... Me escribió unas letras dándome las gracias por todo lo que hice por él hasta conseguir su libertad; pero no me hablaba de sus proyectos..., aunque me confesaba que había pasado todo el tiempo de su entierro pensando en la venganza. ¡Si consigo averiguar dónde anda el grupo que busca él, le encontraré!

—Pues sería la persona ideal para resolver esta situación.

—¡Ya lo creo...! Sería un magnífico encargado general en las minas de los bosques del norte.

—De acuerdo. Haz lo que consideres conveniente.

—Pero antes de marchar he de colgar a ese traidor que acaba de salir de aquí. Y alguno de tus compañeros del consejo... ¡Los que vendieron tienen que dejar de serlo!

—Ahora es cuando están asustados... Cedieron sus acciones para la venta y es lo que ha provocado la caída del precio, que era lo que buscaban. Voy a convocar una reunión del consejo, pero teniendo que presentar las acciones que les dan derecho a formar parte del mismo.

—¡Vaya sorpresa que les espera!

—Y les van a hacer salir a latigazos de la reunión.

—Deja que lo haga yo. No negarás que tengo derecho...

Le miró el padre sonriendo.

—Es en las minas de los bosques del norte donde hay que hacer una gran limpieza. Todos los implicados en el supuesto agotamiento de esas minas y la campaña que han hecho tendrán el castigo que merecen...

—¡Pondré una cuerda en sus cuellos!

—Hay que tener prudencia.

—Empezaré por los cobardes que nos están traicionando aquí. No quiero que avise a los de los bosques del norte. Luego haré unas averiguaciones. Necesito encontrar a Joe para ir a las minas. Le presentaré como encargado general de todas las explotaciones a orillas del río Grande Ronde. Entre los dos, colgaremos a los cobardes que estaban de acuerdo con los que han pretendido arruinarnos. Si no actúas con rapidez anticipándote a ellos habrían comprado las acciones.

Y esto era verdad; los que fraguaron el pánico para que las acciones perdieran su valor se sorprendieron cuando los agentes a quienes encargaron que compraran antes de que dejaran de cotizarse en bolsa no pudieron adquirir una sola.

El presidente convenció a su hijo Richard para que tuviera paciencia.

Y le ayudó a convocar la reunión de accionistas. Convocatoria que tuvo lugar en la sala a este efecto.

Después de dadas las notas a los periódicos locales, habló el padre de Richard con el secretario.

—Facilíteme la lista de personal que tenemos en las minas de río Grande Ronde. ¿Quién es el encargado general?

—Joshua Manoff. El recomendado de míster Ryder.

—Tiene usted que tener archivada toda la documentación enviada... ¿Qué hay de los informes?

—También están archivados.

—Déjemelos.

—¿Me oculta algo? Hablan en la ciudad de la quiebra de la compañía.

—No se preocupe. No pasa nada.

—Parece que han dejado de cotizarse nuestras acciones en bolsa...

—Ya le he dicho que no se preocupe. He convocado una reunión de accionistas.

—Pero... ¿No han vendido las acciones...?

—Acudirán los que las hayan comprado, ¿no le parece?

—Sí... Tiene razón... —añadió el secretario riendo.

—Y tendrán que demostrar la posesión y propiedad de acciones para poder entrar en la sala de reuniones. En esta obligación están incluidos los que figuran como consejeros.

—Es una buena medida... —añadió el secretario.

—Hasta que se celebre esa convocatoria, no debe permitir dejar entrar...

—Necesito que me dé esa orden por escrito si es que no se quiere ocupar personalmente usted de ello.

—Se la daré. No debe entrar nadie que no seamos mi hijo y yo, en estas dependencias. Aquellos que intenten seguir como hasta ahora, les exige la confirmación de que poseen acciones en cantidad que les da el derecho a ello.

—¡Sigo sin entender lo que...!

—Haga lo que le digo... Hay convocatoria de accionistas y los que vendieron las suyas quedan desautorizados a asistir a la misma.

—¡Creo que empiezo a entender...! —exclamó el secretario.

Richard preguntaba a su padre un par de horas después:

—¿Cómo ha reaccionado ese traidor?

—Con toda naturalidad... Pero no hay duda de que le ha impactado la noticia. Hasta me atrevería a asegurar que está asustado.

—Le he visto entrar precipitadamente en el *saloon* de Nicole; el preferido por Matt Ryder...

—Es el que ha de estar más asustado. Tuvo mucho interés en hacer saber que eran sus acciones las que se ponían en venta en primer lugar, porque la situación de la compañía era de quiebra irreversible. Fue el que precipitó la venta del resto de los accionistas. Y han de estar muy sorprendidos que no se haya producido la quiebra tan esperada por ellos.

—Más se van a sorprender con lo que los periódicos locales van a hacer saber mañana.

Sorpresa que en efecto se dio en algunos personajes de la ciudad. Principalmente Matt Ryder, al leer el periódico salió de su casa completamente nervioso.

Caminaba con paso firme hacia las oficinas de la compañía.

Le recibió el secretario, sorprendido de que fuera a esa hora.

—¿Qué sabe de esto? —dijo mostrando el periódico que llevaba en la mano y que el secretario no había tenido tiempo de leer.

—No sé nada... Y no creo que sea verdad esta demanda de

acciones en la bolsa. Los informes que llegan de las minas de los bosques del norte, no pueden ser más pesimistas o negativas. Espero hablar con el presidente para decirle que voy a notificar al encargado general de aquellas minas que se cierren y suspendan los trabajos.

Ryder marchó tranquilo y sonriente con esta información. Y visitó a otro personaje que estaba tan asustado o más que él desde que leyó el periódico. Y que se tranquilizó al hablar con Ryder.

Pero horas más tarde, cuando bebían tranquilamente en el local de Nicole, se informaron de que era cierto que se estaban demandando acciones de la Gold Company a sesenta dólares la acción.

—¡Maldición...! —exclamó Ryder—. Es una campaña desesperada de Caín. Trata de conseguir mejores precios por la venta de instalaciones y minas en explotación de la compañía.

—Pero ¿se han dado cuenta que han dejado ustedes en sus manos la Gold Company. ¿Quién adquirió las acciones que no hay una sola en el mercado y es la razón que se valoren sesenta dólares...? Es un precio que no llegó a alcanzar nunca.

—No permitiremos que continúe esta campaña...

—¿Ustedes? —replicó el que hablaba—. Creo que han dejado de ser accionistas. ¿Me engaño...? ¿Con qué autoridad piensan intervenir si han vendido sus acciones?

—Somos consejeros...

—Querrá decir que lo eran. Pero ¿puedo continuar siéndolo quien no tiene ni una sola acción...?

Ryder y el amigo se miraron en silencio.

—Para asistir a esa reunión de accionistas tendrán que demostrar que lo son —añadió el mismo orador—. ¿Podrán hacerlo?

—Los informes llegados de los bosques del norte son completamente negativos...

—Asunto que a ustedes no debe preocupar ya. Es a la Golden o Gold a quien le interesa.

Al hablar Ryder con sus amigos a solas, dijo:

—Ese tozudo de Caín no venderá... Y sospecho que es el que ha estado comprando las acciones que salían al mercado. Ha de tener casi la totalidad de ellas. ¡Es más inteligente de lo que pensamos! Ahora si queremos acciones tendremos que pagar a un precio que le permitirá ganar millones de dólares.

—Cuando lo que se buscaba era su hundimiento y el de la Golden.

—Nos precipitamos al no tener en cuenta esta posibilidad.

—Y no podremos asistir a esa convocatoria de accionistas el día que se celebre.

—Hemos tirado una fortuna, para nada... La producción de oro aumentará en las minas como pronto se anunciará... Ahora es Caín el dueño de la compañía. ¡Somos unos estúpidos!

Las noticias se divulgaron con rapidez haciéndose eco de las mismas el periódico local de Joseph. Todo el mundo hablaba de las famosas minas de la Golden-Company.

—¿Has leído esto, Lewis? El presidente de la Golden es uno de los hombres más ricos de Oregón gracias a los consejeros que tenía... ¿Es que tu hermana no piensa en regresar a casa?

—Debes preguntarle a ella. Pero la razón creo que es ese maderero tan alto en quien ha delegado toda su confianza Winona.

—Y que se ordenó a Thomas que se ocupara de él, resultando que el muerto lo fue Thomas y los amigos suyos... Y, sin embargo, a pesar del ejército de pistoleros a nuestro servicio, sigue con vida...

—Mató al capataz de Winona... Y es el que dirige los trabajos en esos bosques.

Padre e hijo dejaron de hablar al hacer acto de presencia en el comedor los invitados.

—Ferdinand —dijo uno de ellos—. Creo que estamos perdiendo mucho tiempo para iniciar la campaña electoral. Ya debían estar hablando de ti en Salem. Lo primero que hay que hacer es pasar una nota a la prensa. Debemos marchar a Portland. Es la ciudad clave del triunfo.

—Creo que tienen razón —inquirió Lewis.

—Está bien... Marcharemos mañana —decidió Ferdinand.

Al quedar solo Lewis, recordó lo que su hermana le dijo haber descubierto de su padre. Y pensaba que por muy cambiado que estuviera siempre existía el peligro de que fuera reconocido por alguno de los asistentes a los discursos.

Pero Lewis era tan ambicioso como el padre. Pensaba en los beneficios que podrían obtener si conseguían que de él dependieran todos los fallos de los juicios celebrados en la Corte de Salem.

También pensó en que su hermana estaba ida, loca. Y lo que le dijo podría ser producto de la imaginación deformada de la muchacha.

Para convencerse iba a aprovechar la ausencia de su padre para registrar en la habitación de éste y en el despacho suntuoso que había sabido instalar, pensando en dedicarse a ejercer de abogado, que lo era.

Pero cuando realizó el registro de manera minuciosa, no encontró absolutamente nada. Y este resultado confirmaba sus sospechas respecto a su hermana. Ya no le cabía la menor duda que todo había sido producto de la imaginación de Pauletta.

Y dejó de preocuparse de ese asunto.

Lo que le disgustaba era la falta de muchachas jóvenes con las que poder divertirse. Y al hacérselo saber a sus acompañantes nuevos, uno de éstos, dijo:

—¿No has intentado nunca «enamorar» a Winona...? Es una muchacha preciosa.

—Pero no es lo mismo que si se tratara de otra... Conseguirla por la fuerza sería muy peligroso.

—Nos podríamos reír de ese fanfarrón que ha matado a algunos... ¡Y le demostraríamos que ahora no es lo mismo que antes!

—No creáis que los otros eran de plomo...

CAPITULO VI

—¿Es que vas a seguir impresionado toda tu vida por lo que hizo ese gigante? No te diste cuenta que actuó con ventaja y es lo que te ha hecho pensar desde entonces que se trata de un pistolero excepcional.

—¡Deseo más que vosotros verle colgado de un árbol...!

—Pues el mejor pretexto es la dueña de esos bosques. Se comenta que están enamorados... ¿No acudiría a la ayuda de ella si supiera que alguien intenta violarla? ¡Tranquilo, muchacho! Ahora no es lo mismo. Y no te enfades porque te digamos esto.

Como la idea de castigar a Joe le hacía feliz, terminó por estar de acuerdo con sus «gorilas».

Hablando con Heanu le confesó lo que sus acompañantes habían prometido hacer.

—¿Has pensado en lo que pasará si ésos fracasan...? —replicó Keanu.

—No fracasarán. Tengo una gran confianza en ellos.

—También la tenías en los otros y te quedaste sin ellos en unos minutos nada más. Tienes que pensar en la peligrosidad de ese muchacho. Y no creo que estos seis, por mucho que hablen de aquéllos, se atrevan a enfrentarse a ese gigante.

—Repito que éstos son distintos.

—Eso es lo que ellos dicen. Y tampoco debes olvidar que Winona es una muchacha muy estimada. Vas a provocar una estampida. Así que deja tranquila a esa muchacha. Tenemos que preocuparnos de O'Neal... Hay que empezar a decir que los límites de sus bosques están dentro de nuestra propiedad. El juez está de nuestro lado. Tenemos que asustar a sus madereros. No creo que estén dispuestos a pelear con nosotros. Y eso que la muerte de Thomas a manos de ese muchacho nos hizo mucho daño en Willowa. Ya no se teme como antes a nuestros hombres.

—Thomas no era más que un charlatán.

—Como me parece les sucede a esos amigos tuyo.

—Procura que no lleguen a sus oídos tus palabras.

—Hemos de ir a dar una vuelta por Wallowa. Allí tendrán ocasión de demostrar que son lo que dicen.

—Hace tiempo que ha debido hacerse cargo el enterrador de O'Neal. Es el que estropeó lo de la asociación que propuso mi padre.

—Tenía que fracasar esa idea. La venta de madera está asegurada sin la necesidad de esa protección ofrecida por tu padre. No estamos en California ni en Nevada. Allí sí eran necesarios esos grupos de protección. Como lo eran los comités de vigilancia creados en Wyoming.

—Pero fue O'Neal el que se enfrentó a mi padre...

—Los demás, aunque no hablaran, pensaban lo mismo. Pero no creas que no deseo castigarle; es el que nos ha llamado todo pero... Tu padre me ha contenido.

—Ahora va a estar ausente una larga temporada.

—Por eso entiendo que ha llegado el momento... Pero olvida de modo definitivo el asunto Winona. Ten presente que tu hermana está al lado de ella.

—¿Es que va a suponer un freno esa loca...?

—Es más peligrosa de lo que imaginas. Su peligro está en la lengua como las serpientes. Es la que provocó el incendio de vuestro local. No lo olvides. Y no hay duda de que ya no es la misma. Se ha hecho amiga de esos dos que marcharon de nuestro equipo de taladores...

—¿Te refieres a ese tan alto y a Howard...?

—Sí. Me refiero a ese tan alto y a Bill. No conozco a nadie que se llame Howard.

—¡Qué cabeza la mía! Mi pensamiento estaba a muchas millas de aquí.

—Ya me hablarás de ese Howard. Pero volviendo a lo nuestro, teníamos en Clark un aliado muy valioso para ir robando valiosos troncos y ese maldito gigante le mató también...

—No comprendo a las autoridades. Dicen que están al lado nuestro y permiten que ande suelto ese asesino. Son muchos los que ha matado y sigue sin ser molestado.

—Bueno... En eso, coincido contigo... Porque además, uno de los muertos era el *sheriff*; una autoridad.

—Hay que hablar con el juez y el nuevo *sheriff*... Ellos pueden facilitarnos las cosas si detienen a ese muchacho. Ya nos encargaríamos nosotros de que sufriera un «accidente» en la celda.

—Pensemos en O'Neal. Es de quien debemos ocuparnos primero.

—En Wallowa no contamos con las autoridades.

—Vamos a los bosques del norte y metemos troncos con nuestra marca en los depósitos de Winona.

—¿Sabes si tu padre habló con el juez del condado?

—Tenemos que presentar alguna denuncia para que el juez pueda intervenir. Es lo que me dijo mi padre.

—Está bien. Allí tus amigos pueden demostrar que deben ser respetados.

—Lo harán... Ya lo verás.

Pero O'Neal no estaba confiado como Keanu suponía. Desde que discutió con Ferdinand en Joseph, había remarcado los límites de sus bosques de una manera que no dejaba paso a la duda.

Y sus hombres no descuidaban la vigilancia de esa zona.

Pronto se informaron en el pueblo de que el encargado general de los Ferdinand se hallaba en los bosques del norte con unos nuevos madereros. Y les sorprendía que Lewis se encontrara allí con él.

De la presencia de éste se encargó él mismo de hacerlo saber al presentarse en el *saloon* en que la población se daba cita. Era el único que tentaba con un importante elenco de mujeres para atender a los clientes.

Llegó con sus seis acompañantes, a los que seguían llamando «gorilas» en la amplia zona del extenso condado.

Hacía mucho tiempo que Lewis no iba por allí y su presencia fue recibida con la mayor indiferencia.

Llevaban unos minutos en el local y hablaban con una de las empleadas cuando se presentó el representante de la ley, al que Lewis miró sorprendido.

No era el que conocía. Este era mucho más joven.

—Hola, amigo. ¿Buscando trabajo o de paso?

Lewis miró sonriente al *sheriff* y replicó:

—Soy sobradamente conocido en esta región. Me apellido Ferdinand. Tal vez esto le diga algo.

—Es su hijo —aclaró la muchacha.

—¡Ah...! El de los bosques del norte.

—La última vez que estuve aquí había otro *sheriff*.

—Hace cinco meses que ocupo el cargo. Lo que indica que viene muy poco por aquí.

—Exactamente el tiempo que usted lleva con esa placa.

—¿Alguna novedad?

—Si por novedad se entiende el placer de dar una vuelta, sí. Es el motivo de nuestra visita.

—Espero que se diviertan. Este local no carece de nada. Nos agrada ser hospitalarios.

Y el de la placa dio por terminada su conversación y abandonó el local.

—Parece joven... —comentó Lewis dirigiéndose a la muchacha encargada de atenderles.

—Lo es. Veintiocho años exactamente.

—Demasiado joven para ese cargo.

—Lo hace muy bien. Todos están muy contentos con él...
¡Es un gran muchacho!

—Pues a mí me ha parecido un charlatán... —inquirió uno
de los «gorilas».

—No lo creas... —añadió la muchacha—. Es muy sencillo.
Si le llegáis a ver hace un mes... Vestía de una manera tan elegante que no parece ni el mismo.

—¿Profesional del naipe?

—¡Oh, no...! Abogado.

—¿Abogado...? —exclamó Lewis.

—Sí. Llegó del Este en el momento que estaba vacante la
plaza que ocupa y le nombraron a él.

—Aquí no trabajará mucho de abogado.

—Creo que quiere marchar a Portland. Y lo que cobra por
llevar esa placa no tiene importancia para él. Pertenece a una
familia adinerada. Su padre es dueño de grandes extensiones
de donde sale la mejor madera de la Unión que exporta al
Viejo Mundo.

—¿Maderero?

—Sí. Se llama O'Neal.

Abrió Lewis los ojos sorprendido. Era una contrariedad
que se tratara del hijo de O'Neal. Y además, *sheriff*, porque la
muchacha añadió que tenía unos bosques suyos que le dejó su
abuela materna. Y que estaba junto a los de su padre.

Cuando llegó a la casa dijo a Keanu lo que pasaba.

—Mala noticia me estás dando —dijo Keanu.

Y al otro día al recorrer el terreno que les interesaba, se
sorprendieron al ver la forma de marcar los límites el propietario vecino.

Al regresar del paseo, dijo a Keanu:

—Nuestro gozo en un pozo...

Después de escucharle, replicó Keanu:

—Ello no impide que sigamos talando árboles en esa propiedad a pesar de esas marcas tan especiales a las que te aca-
bas de referir.

—Tendremos que pensarlo.

—Aunque esos troncos no los enviemos a los aserraderos para su venta. La cuestión es hacerle daño.

—¿Has visto alguna joven guapa?

—Hemos quedado en ir el domingo a la hora de la misa. Es el lugar al que acuden la mayoría de las jóvenes que haya en el pueblo.

—Ten cuidado... Con ese nuevo *sheriff* hay peligro. Piensa que no estás en Joseph.

No era necesario advertirle. Ya había pensado en la dificultad que entrañaba ese *sheriff*.

Al regresar los madereros de los bosques en los que habían cumplido su jornada de trabajo, informaron a Pauletta de la visita que su hermano había hecho a Wallowa por lo que ya no se encontraba en el pueblo.

Y la muchacha lo comentó en casa de Winona.

—No creo que allí pueda hacer lo que hacía aquí —dijo Winona—. El hijo de O'Neil es el *sheriff*... Y no le dejará.

—Va acompañado, como siempre, por los seis «gorilas». Y mi hermana asegura que son mejores que los que murieron a manos de Joe.

—Teníamos que ir a ver a O'Neal para tratar de llevar juntos troncos de nuestros bosques hasta los embarcaderos del Columbia. Pero si anda tu hermano...

—No creo que importe la presencia de él para que vayamos a hablar con ese propietario de bosques —dijo Bill.

Joe coincidió con él. Y precisamente el domingo decidieron visitar O'Neal.

Por su parte Keanu, aconsejado por el juez del condado, decidía presentarse ante las autoridades de Wallowa para denunciar que O'Neal había señalizado los límites de su propiedad más de una milla adentro de los bosques de los Ferdinand. Serviría de instrumento al juez del condado para presentar el caso ante la corte. Y una vez allí, la sentencia estaría de acuerdo con la reclamación de Ferdinand.

Esta denuncia debía presentarla de modo oficial un abogado en ejercicio.

Y con testimonio de madereros de la localidad.

El dinero y el temor consiguieron esta colaboración. Y para el domingo lo tenían todo preparado, pero por ser festivo el abogado lo presentaría al día siguiente.

Se movieron con bastante discreción, pero era inevitable que trascendiera y que llegara a conocimiento del *sheriff*.

Y una de las empleadas del *saloon* que ofrecía toda clase de diversiones en el pueblo fue la que le dio cuenta de lo que preparaba el abogado.

No le sorprendía nada que procediera de ese ventajista. Era uno de los que más habían envidiado a su padre. Y el hecho de comentarse que Ferdinand era candidato a fiscal general era más suficiente para que tratara de ayudarle.

De ese modo unía la satisfacción de perjudicar a la persona odiada y percibir una cantidad respetable de dinero por ello, y vender un favor al futuro fiscal general.

El de la placa lo comentó en casa con su padre.

—Es una tontería —dijo O'Neil— que se atrevan a decir ahora, después de tantos años de ver esas marcas, que están dentro de la propiedad de los Ferdinand.

—No lo tomes a broma. Es un complot muy bien urdido. Cuentan con el cobarde del juez del condado. Lo que buscan es alguna razón para que pueda intervenir y llevarlo a la corte, donde un jurado, «preparado» por ellos, dará el veredicto que se le ordene... Pero se van a llevar una sorpresa...

—Dudo que el juez de aquí admita esa denuncia...

—Entonces irán al del condado... Pero por calumniar les voy a dejar detenidos a los que se atrevan a denunciar falsamente.

—Deja que lo haga el juez. No quiero complicaciones. Y si han venido esos «gorilas» asesinos es porque buscan pretexto para demostrar que lo son.

—Les dejaré encerrados.

O'Neil movía la cabeza con desagrado al ver salir al hijo tras decir esas palabras.

Cuando el de la placa llegó a la oficina, se encontró con el aviso que le dio su ayudante de que había llegado Winona al pueblo.

—Ha dicho que después de la misa irá a vuestra casa para hablar con tu padre...

—Iré a ver a Winona... Hace tiempo que no nos vemos. Los dos hemos estado lejos de aquí.

Y para no perder tiempo fue hasta la iglesia por si la veía por allí.

Le informaron de que la muchacha había reservado habitación en el hotel. Y allí encontró a Winona que le saludó con afecto y recordaron aquellos años en que recibieron la primera enseñanza en la misma escuela y se divertían con los compañeros.

Winona presentó al *sheriff* a Bill y a Joe. Este dio cuenta de lo que había sucedido con Thomas y sus íntimos.

—¿Sabéis que están en los bosques del norte, como ellos llaman a esa zona, Keanu y Lewis...? —dijo el de la placa.

Refirió lo que había sabido que intentaban y la finalidad de ello.

—Nos informaron que estaban por aquí —dijo Winona—. Y que Lewis vuelve a llevar otros «gorilas» asesinos como antes. No va a ninguna parte sin ellos.

—Han venido dispuestos a alborotar el orden. Y a amenazar como parece ser es costumbre en ellos. Ignoraba que a Ferdinand le llamaban Ojos de Serpiente. Todo el mundo tiembla al oír este nombre. Pero conmigo no les valdrá de nada. Acabarán encerrados si acusan injustamente a mi padre de haber estacado los límites de nuestra propiedad dentro de la de los Ferdinand como intentan demostrar.

—Yo no perdería el tiempo en detenciones —inquirió Joe—. ¡Cuerda! Es la mejor solución.

El joven *sheriff* reía oyendo a Joe.

—Llegaremos tarde a la misa si no nos damos prisa —dijo Winona—. Luego hablaremos.

—En el hotel —propuso el de la placa.

Quedaron de acuerdo.

A la entrada de la iglesia se encontró Winona con jóvenes de su edad a las que hacía tiempo no veía.

El joven O'Neil mandó recado a su padre para que acudiera al hotel para hablar con Winona.

Por eso, a la salida de la iglesia, ya se encontraba el viejo O'Neil allí.

Keanu y Lewis, con sus acompañantes, entraron en el *saloon* que tenía en la puerta como reclamo a una de sus mujeres.

—Entra con nosotros, encanto —dijo Lewis arrastrándola hacia el interior del local.

No protestó la muchacha.

Los clientes les miraban con más temor que respeto. Y allí se encontraron con el abogado Dylan.

Uno de los «gorilas» que daban protección a Lewis dijo al *barman*:

—Hemos visto nuevas muchachas entrando en la iglesia, muy guapas por cierto todas ellas... Tenéis suerte los de este pueblo... En Joseph no hay más que viejas casadas con tres y cuatro hijos cada una... Nos quedaremos por aquí, ¿verdad, Lewis?

—Es una buena idea —respondió Lewis riendo.

Y se reía porque ya habían sorprendido a la que entró con ellos pasando de unos brazos a otros sin poder escapar.

Una compañera de la muchacha, con ella a su lado, había ido a la oficina del *sheriff*. Y hablaron con él en presencia de Joe y Bill.

—Han venido a sembrar el pánico... —dijo la muchacha que había sufrido los abusos en el local—. Me han amenazado con matarme si me resistía... Pero me he defendido.

—Son unos salvajes... —añadió la compañera—. Hacía bastante tiempo que no nos visitaban esos indeseables. No estará ninguna muchacha tranquila mientras ellos permanezcan en el pueblo.

—No os preocupéis... Serán castigados —dijo el de la placa.

—Tenemos miedo por usted; son unos asesinos...

—Están confiados porque tienen a las autoridades del condado a su lado —añadió el *sheriff*—. Pero se han equivocado en esta ocasión. Les voy a detener.

—¡No! —inquirió Joe—. Lo que vamos a hacer es colgarles. Y que vengan esas autoridades a evitarlo.

—Ferdinand es candidato a...

CAPITULO VII

—Es candidato a la cuerda como su hijo —dijo Bill—. Vamos a ese *saloon*. Que nos acompañen estas dos muchachas para que señalen a los que han querido abusar de ellas.

—No es necesario —replicó Joe—. Sabemos quiénes son... Esta vez esos cobardes se han equivocado. Han cometido el último error de su vida.

En el camino hacia el local, dio instrucciones Bill de cómo debían actuar.

Siguiendo las instrucciones entró en el *saloon* primero el *sheriff*. Ellos lo harían después.

Lewis dejó de reír al ver al joven *sheriff* de la localidad. Y lo mismo hicieron sus acompañantes y Keanu.

El rostro del que entraba indicaba que las muchachas que lograron huir habían hablado con él.

—¡Lewis...! —dijo el *sheriff* al estar frente a él—. Se me ha denunciado que habéis intentado abusar de dos muchachas empleadas de este local. ¡Esto no es Joseph!

—Verás...

—¡Te has equivocado! En Wallowa no permitimos ese tipo de abusos ni de cualquier otro tipo... Vuestras amenazas a...

—¿Es que vas a hacer caso de esas dos histéricas...? Han aceptado nuestra invitación...

—Eso no os da derecho a cierto tipo de abusos... —le interrumpió el de la placa.

—Intentó besar a esa que está a tu lado uno de mis amigos y comenzó a gritar como una loca... ¿Crees que eso es normal?

—Vuestras intenciones eran otras muy distintas... Precisamente a esta que está a mi lado os la estabais pasando de uno a otro manoseándola. Y repito que esto no es Joseph. Allí te permiten todo tipo de abusos. Aquí ni uno solo. Os voy a encerrar una larga temporada, si no decido colgaros...

—Ya veo que me odias como tu padre al mío...

—¿Es que pretende asustarnos, *sheriff*? —bramó uno de los «gorilas» riendo.

Joe y Bill habían entrado sin ser vistos por los que discutían con el representante de la ley.

—Pregunta al abogado si es un delito lo que intentabais y lo que habéis estado haciendo en vuestro pueblo. Bueno, en el que estáis más cerca. Porque ninguno sois de aquí.

—No es un delito, Rick —inquirió el abogado—, invitar a beber a una mujer de este local y pretender divertirse con ella. Es para lo que han sido contratadas.

—Lo que intentaban era algo más que una simple diversión. Esta muchacha tiene huellas en el cuello de haber sido tratada con brutalidad.

—Fue ella la que atacó cuando estábamos resaltando su belleza con palabras amables...

—Que no vuelva a repetirse porque os dejaré encerrados.

—No sabe lo que dice, *sheriff* —amenazó uno de los «gorilas»—. Los de Joseph tenemos poca paciencia.

—No hablo con vosotros... —dijo el de la placa—. Lo hago con Lewis.

—Te están diciendo que no hemos hecho nada. Y tampoco tengo mucha paciencia. No hagas caso de lo que digan esas dos histéricas.

—Procura no alborotar el orden en este pueblo. Aconséjeles bien, abogado.

—¡Oiga...! ¡Escuche, *sheriff*...! Le han dicho que no pasó nada, ¿por qué no nos deja tranquilos? Nos está cansando...

¡Haremos en este pueblo lo que queramos! Y para demostrárselo, esas dos muchachas nos van a conocer...

—¡Deténgales, *sheriff*...! —gritó una de ellas—. ¡No se fíe de ellos...! No les importa disparar por sorpresa y sobre la placa que lleva en el pecho.

—Haga caso a la muchacha, *sheriff* —inquirió Joe mirando a Lewis.

Este se puso amarillo al conocer a Joe.

—¡Lo que debes hacer es callar...!

—Cuidado, Joe... Son los nuevos «gorilas» de Lewis... —dijo Bill a espalda de los seis—. Y se consideran más peligrosos que aquellos que mataste.

Los seis aludidos se dieron cuenta de quién era Joe. Y sabían al *sheriff* y a Bill dispuestos a disparar.

—Así que has venido a abusar de las jóvenes muchachas a Wallowa, ¿no? —añadió Joe enfrentándose a Lewis.

—No hemos hecho nada...

—Sois unos cobardes... ¡Y esto hay que acabarlo de una vez! ¿Quieren traer cuerdas? ¡Les vamos a colgar...! Nada de detenciones, *sheriff*. A las serpientes hay que cortarles la cabeza para evitar su mordedura mortal. Es lo que hay que hacer con estos asesinos.

Varios clientes se movieron para salir en busca de lo que Joe pedía.

—¡Vaya...! Así que éste es el que asesinó sorprendiendo a aquellos seis.

El que hablaba reía al hacerlo.

—¿Quién te ha facilitado esa falsa información...?

—No es verdad... Les he dicho que no hubo ventaja por tu parte —inquirió Lewis muy asustado.

—Pero únicamente se conciben esas muertes actuando con ventaja...

—¿Han ido por cuerdas? Que traigan una más para el cobarde del abogado...

—Yo no me he metido en nada...

—¿Tiene la denuncia preparada? —dijo el de la placa—. Trataban de robarnos una parte importante de nuestros bosques...

—Son ellos los que dicen que os habéis metido en su propiedad.

—Pero usted sabía que no es cierto.

—¿Es que vais a estar discutiendo...? Ahora no podrá hacer lo que hizo con los otros seis porque...

El abogado, Lewis y Keanu abrían y cerraban los ojos para poder dar crédito a lo que acababan de presenciar avalado por los muertos que tenían ante ellos.

—¿Vienen esas cuerdas...? ¡Son nueve!

—No me ma...tes... Marcha...remos a Joseph y no volveré por aquí...

—Te voy a colgar, Lewis Ferdinand... ¡Una persona con tanto odio como tú no puede seguir viviendo entre personas! ¡Tu «mordedura» es mortal...!

—Yo no me he metido en nada —dispulpóse el abogado—. Rick... No es posible que dejes me maten a mí también...

—Usted es un fullero... Un peligro para la comunidad —añadió Joe.

—No se lo permitas, Rick... Yo no hice nada... —decía el abogado llorando.

Pero al buscar con naturalidad un pañuelo por el llanto, trató de disparar el pequeño revólver que llevaba en el interior de la elegante chalina.

—No hay duda de que era una peligrosa alimaña... —comentó Joe, después de disparar sobre él.

Keanu y Lewis pusieron sus manos sobre sus cabezas.

—¡Aquí están las cuerdas...! —dijo un maderero.

Los dos, asustados, se pusieron de rodillas pidiendo perdón.

Pero Joe estaba decidido a colgarles.

—¿Es que olvidas que encargaste a Thomas que me mataran...? —decía a Lewis—. Lo confesó antes de morir. Y este cobarde le dijo que lo tenía que hacer.

—Fue Lewis el que hizo el encargo a Thomas... Yo no intervine.

—¡Maldito embustero...! ¡No le hagas caso! Fue de él la idea de encargar a Thomas que te matara...

—No soporto a estos asesinos cobardes... —inquirió Bill, disparando sobre los dos—. No te molestes en colgarles. No merece que pongas las manos sobre esa carroña.

Rick, el *sheriff*, miraba a Bill y a Joe con asombro. Y los testigos estaban asombrados como él.

Al extenderse la noticia, acudieron los vecinos a confirmar era cierto lo de aquellas muertes.

El *barman* decía:

—¡Esta vez, Lewis Ferdinand se equivocó...!

—No esperaba encontrar a ese muchacho aquí... Ya le había matado a los otros seis «gorilas»... Por eso se asustó al verle.

—Pero no podía esperar nadie lo sucedido... ¡Va a ser terrible la reacción de Ferdinand...! Movilizará a todo el territorio cuando le comuniquen la muerte de su hijo.

—No se ha perdido nada de valor.

—Y será motivo de celebración de fiesta en muchos hogares. Pero cuando Ojos de Serpiente se entere...

—Es el culpable del comportamiento del hijo. Le inculcó el mal nada más nacer. Reía y celebraba sus abusos y amenazaba a las familias de las muchachas atropelladas. Ahora ya no necesitarían presentar sus denuncias contra el autor de tantos abusos. Considerarían que quedaban vengados todos estos atropellos con la muerte de Lewis. Había dejado de ser una pesadilla este cobarde.

La noticia de estas muertes no tardó en conocerse en Joseph, transmitida por los propios autores.

Pauletta miraba a Joe muy serena.

—Así que habéis matado a Keanu, a mi hermano y a los seis nuevos «gorilas» que iban con él.

—Y con ello hemos llevado la tranquilidad a muchas familias. Algunas de las muchachas que fueron víctimas de los desmanes de tu hermano no conseguirán olvidarlo mientras vivan. ¡Era un monstruo!

—Mi padre lo modeló así. Pero ¿has pensado en él...? No esperes que se quede tranquilo... Y yo, no estaba de acuerdo últimamente con Lewis, pero era mi hermano. Y no quiero engañarte. ¡Intentaré vengarle...! Aunque estoy segura que será mi padre el que desee anticiparse.

—Tampoco te voy a engañar; no sentiré remordimiento cuando me vea en la necesidad de meterte una bala en la garganta. Yo sé que tú no has cambiado... Y como estoy seguro de esto, porque tu mente está tan enferma como estaba la de tu hermano, precisarás del mismo «tratamiento». Hace tiempo que sé tendré que matarte. Nacisteis los dos hermanos con esa terrible enfermedad heredada de vuestro padre... Winona aún no se ha dado cuenta de lo mucho que la odias...

—¡Con toda mi alma...! Tienes razón... —replicó con cinismo—. Y moriré tranquila cuando convierta su bello rostro en algo irreconocible a golpes con la fusta o con un látigo... ¡Y haré lo mismo contigo! Sé que estáis enamorados, pero no alcanzaréis la felicidad...

—Ahora mismo tienes ojos de serpiente como tu padre... Eres la que más te pareces a él...

—No te preocupes. Tus palabras me honran... ¡Ah! Y no creas que estoy enferma. Ahora seré yo quien dirija la explotación de nuestros bosques... Y te aseguro que Winona lamentará el cambio.

Hablaban los dos en el interior de los bosques.

—No debes obligarme a que sea el que te mate...

—Me ha sucedido lo peor que podía pasarme: enamorarme de ti. Y como no es posible nada entre nosotros, haré todo lo posible por evitar que puedas ser feliz con otra...

—Tú no puedes tener tan bello sentimiento...

—¡Os mataré a los dos! —exclamó al espolear su montura.

Cuando Joe llegó a la casa refirió a Winona toda la historia.

—¿Es posible que haya vuelto a cambiar...? Me cuesta mucho creerlo...

—Es una hiena... Su confesión indica lo enferma que está su

mente. Carece por completo de sentimientos. Ha prometido matarnos a los dos con la mayor naturalidad.

—Es la única justificación que puede tener ese comportamiento.

—Por eso es sumamente peligroso. Si la ves frente a ti, ¡cuidado! No le des lugar a que se adelante. Te matará, si te confías... ¡He debido matarla yo!

—¡Por favor...! No digas eso.

—Lo curioso es que llegó a engañarme cuando vino a hablarte... y empujó para que incendiaran el local de su padre. Ese acto debió descubrirme la verdad...

—¡Me da pena de ella...!

—Piensa en lo peligrosa que es... No lo olvides y nada de confiarte ante ella.

—No me confiaré llegado el momento, pero no puedo eludir este sentimiento.

—Te entiendo...

Habló Joe con Bill sobre lo que pasó entre Pauletta y él.

—Hace tiempo que vengo observando esas reacciones de locura en ella —dijo Bill—. Y debéis tener muchísimo cuidado con ella.

—La que me preocupa es Winona, porque yo voy a marchar.

—¿Marchar? ¿Es que no estás enamorado de Winona?

—No. No lo estoy. Ni ella lo está de mí. Y te aseguro que ha sido un acierto.

—Pero si todos creemos que...

—Lo sé... —rió Joe—. No hay nada entre nosotros, ésa es la verdad. Aunque deseo marchar ahora me asusta hacerlo... Confieso que tengo miedo a que Pauletta cumpla su amenaza...

—Y cuando regrese el amo de los bosques, se va a complicar más todo esto.

—Estará una temporada larga en Salem. Todo el tiempo que dure la campaña como candidato a sus aspiraciones ambiciosas.

—Espero y deseo que no lo consiga...

—Sin olvidar que el dinero hace milagros... Y es un asunto que no me preocupa.

—Tampoco a mí, pero sería una vergüenza...

—Habría que culpar a quienes le elijan. Así que no te preocupes.

Marcharon los dos al pueblo. Y cuando desmontaron vieron a Pauletta entrar en un almacén, cuyo dueño fue siempre un gran amigo de los Ferdinand.

—¿En quién delegará la responsabilidad de dirigir los trabajos de tala y transporte fluvial?

—Será ella en realidad la que dirija la explotación de esos bosques.

Entraron los dos en el *saloon* del Mestizo. Y estando bebiendo comentaron a su lado la llegada del encargado de las mimas de oro que la Golden-Company tenía en los campamentos del norte a orillas del río Grande Ronde.

—Ha llegado —decía el informante— con un competente facultativo de minas. Parece que tienen dificultades en algunas de esas minas... Hablan de derrumbamientos que ha costado la vida a varios mineros.

—Es una dificultad con la que siempre hay que contar... Lo solucionarán. ¿A qué viene ese encargado?

—Es amigo de Ferdinand... Suele venir por estas fechas a disfrutar de unos días de descanso invitado por el que sigue siendo amo de los bosques.

—No está muy lejos de aquí, ¿verdad?

—Depende de lo que se entienda por muy lejos... Unas sesenta o setenta millas. Y el camino, terrible y peligroso.

—¿Y sólo para pasar unos días con Ferdinand hace ese recorrido?

—Son muy amigos. Lo malo es que en esta ocasión tendrá que ser la hija de Ferdinand la que autorice su estancia en la casa.

—Deben ser interesantes esas minas del norte.

—Sirven de refugio a muchos reclamados y huidos de la justicia... La vida es dura, pero se sienten seguros. ¿Sabes que Lewis pensaba instalar un *saloon* en aquellos campamentos mineros...? Si son ciertos esos descubrimientos de oro en el río Grande Ronde, no hay duda de que sería un gran negocio.

—Con un buen elenco de mujeres expertas en la profesión se harían ricos en poco tiempo.

—No hay que descartar esa idea. Alguien acabará montando ese negocio.

Se sorprendieron los dos con la entrada del *sheriff* y que se dirigiera a ellos para decir:

—Pauletta me ha denunciado que habéis matado a su hermano, Keanu, un abogado de Wallowa y a otros seis, guardaespaldas éstos de Lewis Ferdinand.

—Pues no le ha engañado. Pero para su mayor información le convendría consultar con el *sheriff* de aquella población... Y se convencerá de que ha sido justo el castigo.

—Eso es lo que dices tú...

—Y no quisiera tener que matar a un loco como usted también...

—El que sí me mataría sería Ferdinand por no haber castigado al matador de su hijo.

—Que debió ser colgado aquí hace tiempo.

—Paulette tiene razón... ¿Cuántas muertes has hecho desde que andas por aquí...?

—Las que fueron necesarias.

—Ella afirma que eres un pistolero... Bueno, es lo que has demostrado.

—¿Por no dejarme enterrar?

—Tengo una orden del juez para detenerte y...

—¿Por qué no olvida que lleva esa placa? Me va a obligar a matarle... Y será una muerte más... Quien acabará molestándose seriamente conmigo es míster Death. Supongo que aquí también será conocido por este nombre el enterrador. Le estoy dando mucho trabajo. Claro que si ve recompensado su trabajo al registrar a los muertos, me recordará eternamente con agradecimiento.

El de la placa estaba asustado y los clientes le miraban con odio.

—Ese muchacho tiene razón, *sheriff*... Lewis era otro loco como su padre. A partir de ahora, todas las muchachas jóvenes podrán salir de sus casas sin temor a ser obligadas a «entretener» a ese canalla. ¡Estaba pidiendo a gritos una cuerda! —dijo valientemente uno.

El de la placa marchó sin decir nada, pero se colocó frente a la puerta del local con el Colt empuñado.

Cosa que llamó la atención de los que pasaron ante él. Y así lo hicieron saber en el *saloon*.

Hizo la comprobación Joe a través de una de las ventanas que daba a la parte en que decían haber visto al *sheriff* con su arsenal preparado. Y al verle pendiente de la puerta, disparó varias veces. El de la placa, que permaneció unos segundos en pie, cayó muerto.

Los testigos premiaron este hecho con una ovación cerrada. Para todos había muerto un traidor.

CAPITULO VIII

Los invitados de Pauletta procedentes de las minas del norte comentaban con la muchacha la campaña que se había iniciado para que Ferdinand fuera nombrado fiscal general.

Un maderero pidió permiso para entrar y la muchacha autorizó a que así lo hiciera.

—¡Pauletta...! —dijo—. ¿Fuiste a denunciar a ese gigante que está con Winona?

—Sí. Se trata de un pistolero reclamado. Y le he pedido al juez y al *sheriff* que le envíen a prisión. Es autor de muchas muertes desde que está aquí.

—¿No te habías hecho amiga de él...?

—Pero me arrepentí de ello cuando supe que había matado a mi hermano y a Keanu.

—Sin embargo, hay en el *saloon* del Mestizo uno de Wallowa. Tu hermano, ayudado por sus «gorilas», había abusado de una muchacha joven... En su lucha con ella se le escapó de las manos...

—¿A qué viene todo eso? Para mí lo único que cuenta es que era mi hermano...

—Pues lo que has conseguido es que tenga que ser enterrado el *sheriff* también y que le acompañe en ese viaje el juez. ¿Satisfecha...?

—¡No es verdad...! —exclamó nerviosa.

—Y lo peor es que los testigos afirman que ha sido justo. El *sheriff* le esperaba con un Colt empuñado frente a ese local...

Ya puedes tener cuidado. Ese gigante ha dicho que así que te vea por el pueblo te arrastrará.

—¡Ya estáis todos montando a caballo! ¡Quiero que acabéis con ese hijo de perra y me traigáis su cuerpo aquí...! ¡Que vaya hasta el cocinero! No quiero que nadie se quede aquí...

—No va a ir ninguno... ¡Así que debes tranquilizarte...!

—¡Maldito...! ¡Es una orden...!

—Escucha, Pauletta... La muerte de tu hermano es lo más justo que se ha hecho en Oregón... ¡La merecía hace tiempo!

—¡Tenéis miedo a ese pistolero...! ¡Eso es lo que pasa! Yo le mataré... ¡No le temo...! ¡Malditos, estáis despedidos todos...!

—Yo creo que debe razonar —inquirió el encargado de las minas—. Si el *sheriff* trataba de traicionar, es justo que se haya defendido.

—¡Ha matado a muchos!

—Y todas esas muertes eran merecidas —añadió el maderero—. El pueblo se ha cansado de los abusos de la familia Ferdinand y ese muchacho no ha hecho más que defenderse. Le quisieron matar los «gorilas» de tu hermano y se vio obligado a defender su vida matándoles a ellos... Cometió el error entonces de no incluir en el castigo a Lewis.

—¡Hijo de perra...! ¡Apártate de mi vista! ¡Si tuviera un Colt te habría llenado el vientre de plomo...!

—Acabarán colgándote como a ellos —vaticinó el maderero al abandonar la casa.

Dio cuenta a los compañeros y todos se dispusieron a abandonar a los Ferdinand. Sabían que encontrarían trabajo en otros bosques, aunque eran muchos los que vivían obsesionados con los nuevos descubrimientos de oro en la cuenca del río Grande Ronde.

El mismo maderero se presentó en la casa para decir:

—Debes pagarnos las jornadas que se nos adeudan. Marchamos todos.

—¡Traidores...! Os pagaré en el pueblo. Retiraré el dinero que necesito si es que el director del banco me lo autoriza.

Cuando salió el maderero inquirió el de la Golden-Company:

—Creo que debes saber morderte la lengua. ¿Te imaginas lo que sucedería si se paralizasen los trabajos en vuestros bosques? Justifícate antes esos hombres aunque te duela hacerlo.

—¡Ya me las arreglaré...! Buscaré nuevos madereros... ¡Se arrepentirán esos cobardes...!

Entró furiosa en el despacho de su padre y regresó con un rifle para disparar desde la ventana sobre los que habían decidido abandonarla.

Los invitados forcejearon con ella, pero fueron vistos a través de la ventana y oían los que habían decidido abandonar a los Ferdinand los gritos y amenazas que Pauletta soltaba en su desesperación.

Espolearon sus monturas y se alejaron.

Pauletta seguía insultándoles.

—Creo que no has estado acertada —decía el encargado de las minas del norte—. Ahora te encuentras sin personal en los bosques. Y la tala debe continuar para no paralizar las ventas. Los aserraderos se quedarán sin su materia prima antes de una semana.

—Iré al pueblo en busca de madereros. Son muchos los que desean trabajar en nuestros bosques.

Pero horas más tarde, al ir acompañada por sus invitados hasta el pueblo, estuvo hablando con el almacenista y con el *barman*-propietario de la cantina en que entraron y que obedecía órdenes de su padre, para buscar trabajadores.

—En este pueblo no encontrarás lo que buscas... —dijo el del mostrador—. Tendrás que ir lejos en busca de ellos. No has debido despedir a todo el personal. Sabrán aprovecharse de ello los otros propietarios de bosques que no aceptaron formar parte de la asociación propuesta por tu padre.

—¿Es que vas a comparar nuestros bosques con los de los demás...? Ya verás cómo encuentro nuevos profesionales de la madera.

El *barman*-propietario guardó silencio. No quería seguir discutiendo con ella.

Lo mismo sucedió con el almacenista.

Los dos invitados dijeron que se quedaban en el hotel para marchar al día siguiente.

—¡Vaya! ¿También a vosotros os ha entrado el miedo...? —dijo ella.

—Es que tenemos obligaciones.

—El miedo es lo que os obliga a hospedaros en el hotel. Y los cobardes que se nieguen a trabajar en nuestros bosques se acordarán. Ya verán cuando llegue mi padre...

—¿Te encontrará con vida cuando llegue...? —repuso el de las minas del norte—. No creo que sea así. Te estás enfrentando a quienes han venido sirviendo a tu padre y al resto de la población... Darás un gran disgusto a tu padre cuando compruebe que no os temen como antes...

—¿Eso piensas? Te voy a demostrar que estás muy equivocado.

Y marchó decidida al *saloon* más próximo.

Entró en él golpeando con la fusta y ordenando que fueran a sus bosques a trabajar.

Sin embargo, la reacción fue automática.

Y minutos más tarde era arrastrada por varios brazos produciéndose su linchamiento.

Los invitados presenciaban su cadáver y el encargado de las minas del norte dijo:

—Hace tiempo que pudo acabar así... Ferdinand fue el primero en reconocer que su hija estaba loca. Y aunque en menor grado también lo estaba Lewis.

Joe y Bill llegaron unas horas después y al saber lo sucedido Joe comentó:

—Temía que esto pudiera suceder en cualquier momento. Presentaba unos síntomas muy alarmantes en las últimas horas su dolencia. Me alegra que las circunstancias me impidieran el tener que matar a esa muchacha.

Salían del local cuando los invitados de Pauletta, a caballo, se disponían a marchar.

Joe se detuvo y miró con atención a los dos.

—¿Quiénes son ésos...? —preguntó Bill.

—No lo sé.

Preguntó a un minero que estaba a la puerta.

—Son invitados de los Ferdinand, que marchan. Uno es el encargado general de la Golden-Company en las minas del norte. El otro, un experto facultativo de minas.

—¿Es que le conoces...? —dijo Bill al ver el rostro de Joe.

—Es uno de los que vine buscando... Le he tenido tan cerca sin saberlo. Tendré que ir a esas minas del norte...

—Si ellos saben que eres enemigo, ¿crees que te permitirán salir con vida de esas minas...?

—He de ir. Pero antes pasaré por Portland. He de hablar con un amigo que tiene participación en la Golden-Company.

—Supongo que iré contigo.

—Debes quedarte para ayudar a Winona.

—Ella espera que seas tú el que lo haga.

—No lo creas.

Bill se encogió de hombros. Pero añadió:

—¿Está seguro de que es uno de los hombres que viniste buscando?

—Creo que sí. Y la única manera de salir de dudas es yendo a confirmarlo. Si él es el encargado general de esas minas a orillas del río Grande Ronde, los otros han de estar a su lado.

—¿Y te vas a meter en esa ratonera? Porque no hay duda que serán como una ratonera esas minas para ti.

—Todo cambiará si encuentro a ese amigo en Portland que era uno de los accionistas más importantes. El me ayudará.

—Si tú lo dices, pero creo que debería ir contigo. Ven más cuatro ojos que dos. Puedo dedicarme a vigilar mientras te mueves por allí.

—Es que lo que busco es poder moverme con libertad.

—No comprendo...

—Quiero que me destinen a esas minas...

—¿Tú? Sigo sin comprender.

—Todo depende de mi gestión en Portland.

—De acuerdo. Pero aunque te parezca extraño sigo sin comprender una palabra de lo que te propones.

Joe reía de buena gana.

—Olvídalo. Preocúpate del trabajo en los bosques... Yo sé que lo harás bien. Hablaré con Winona.

Y marchó a buscar a la muchacha. Ella, al estar a su lado, le dijo:

—Creo que Joseph te debe tranquilidad. Empieza a hablarse de la ciudad de Joseph. Pronto tendrá carta como tal para dejar de ser un pueblo.

—De su crecimiento no existe la menor duda. Pero ¿qué pasará cuando se presente Ferdinand...? Se va a encontrar sin ninguno de sus hijos. Menos mal que estaré lejos entonces. No quiero tener que matar a un futuro fiscal general.

—¿Es que marchas...?

—Me veo obligado a ello...

—Sabes que puedes seguir en mis bosques el tiempo que quieras.

—Ya lo sé. Pero repito que es necesario que marche. Y voy a ser sincero contigo. Vine a este territorio de la Unión porque tuve noticias que andaban por aquí ciertos personajes. Y confieso que iba a marchar sin haber encontrado lo que buscaba. Pero creo que están metidos en las minas del norte los que busco.

—¿Y te vas a meter en esa boca de lobo? Si ellos te conocen...

—Es muy probable que no me conozcan. Maté a tres de ellos. Los restantes escaparon y por matar a esos miserables me condenaron a unos años de prisión. Y menos mal que un amigo consiguió la revisión y fui puesto en libertad. Esos granujas hundieron a mi padre. Le engañaron y avergonzaron, situación que le llevó a pegarse un tiro en su despacho al darse cuenta del daño que haría a inocentes inversores...

—¿Crees que vas a conseguir volver a la vida a tu padre y vas a borrar tu paso por esa prisión por castigarles...?

—Es lo menos que puedo hacer. Además, es posible que sigan haciendo lo mismo. El zorro es muy difícil que abandone su astucia.

—Bien... Si ésa es tu decisión, nada puedo hacer. Sólo desearte que puedas salir con vida de ese infierno en el que pretendes meterte.

—Bill se va a encargar de todo en mi ausencia. Puedes estar segura de que lo hará tan bien o mejor que yo. Y ya sabes, si tratan de comprarte los bosques, no accedas. Vas a vender la madera a un excelente precio. Es mejor seguir con lo que conoces.

—¿Cuándo piensas abandonarnos?

—Mañana... Voy a Portland primero. Decía a Bill que ninguno de nosotros nos hemos enamorado. Y ello facilita la separación.

—Pues mira... Ahora que hablas no sé qué decirte... Sólo sé que esta noticia me desagrada y que te echaré muy de menos en todo momento... Siento una presión aquí que no había sentido antes... Es una especie de angustia y te aseguro que falta muy poco para que me veáis todos llorar...

Y la muchacha terminó por hacerlo en el pecho de Joe.

—Nos hemos equivocado los dos... —añadió ella—. Es cierto que nos amamos y me duele no haberlo confesado antes... Pienso en el tiempo que hemos perdido... Pero vas a prometerme que volverás, ¿de acuerdo?

Joe se echó a reír al darse cuenta que le estaba besando Winona.

—Está bien...

—Eso no es una promesa...

—¡Lo prometo...! ¡Volveré...! Pero no me pidas que lo haga en un tiempo determinado ya que esto no dependerá de mí.

Volvió a besarle.

—¿Qué haces...? ¿No te das cuenta que nos están mirando todos...?

—Ello me satisface. Así, si alguno tuviera alguna pretensión, confío en que me dejen tranquila... Quiero que vuelvas a besarme antes de marchar.

Llegaron los dos a la casa con las manos enlazadas.

Bill se les quedó mirando y sonreía...

—No te había visto nunca tan contenta —dijo a ella.

—Ni tan disgustada porque este tozudo se obstina en marchar.

—Es algo que no lo evitaremos ninguno. Yo también lo he intentado sin éxito.

—Me consuela su promesa... Y si no cumpliera con ella, iré a buscarle a esas minas del norte.

A la hora del almuerzo se hablaba de lo mismo en los bosques de Winona. Todo el personal acabó acercándose a la vivienda principal para felicitar a la feliz pareja.

Joe aprovechó para hablar a los madereros de Bill al que pidió obedecieran como si de él mismo se tratara. Winona escuchaba emocionada sus palabras.

—Si alguno considera que no es justo este nombramiento —decía Joe—, es el momento de manifestarlo. Si lo calla ahora para hacer otro tipo de campaña después, será considerado como un traidor. Bill es de mi escuela y no dudará en colgarle.

La sinceridad de estas palabras fue acogida con gran satisfacción por el personal, que acabó aplaudiendo entusiasmado.

Bill no se separó durante el resto de la jornada de Joe. Este le fue informando de cómo debía proceder en los distintos casos que se le presentaran.

—Que no te vean dudar —decía—. Si así lo haces no tendrás ningún problema en los bosques. ¡Ah! Te daré el nombre de una persona en el pueblo con la que estaré comunicado. A través de ella tendrás noticias mías...

—¿Lo sabe Winona?

—Prefiero que ella lo desconozca... Al menos hasta que te anuncie mi regreso. Respecto al regreso de Ojos de Serpiente hablaremos más tarde. Confío en que esto no se produzca antes de mi regreso.

Winona «secuestró» a Joe aquella tarde y marcharon a dar un paseo por el cercano bosque. Regresaron a altas horas de la madrugada.

En el puerto de Portland había una gran multitud de curiosos que esperaba la llegada del *High Oregon*. Barco destinado a un pasaje de la alta sociedad.

En las oficinas de la Golden-Company se celebraba la reunión de accionistas. Pero pasado el tiempo de la convocatoria no se presentaba persona alguna.

Los que fueron consejeros se encontraron con la dificultad de tener que presentar documentación que demostraba ser accionistas, exigencia del encargado de la puerta.

—¿Es que no está cansado de saber que somos consejeros...? —protestó uno de ellos.

—Ruego disculpen las molestias, caballeros. Sin el requisito exigido no podrán entrar. Son las órdenes que me han dado.

—Si me conoce no tengo por qué...

—Pues si no demuestra ser accionista no le permitiré la entrada...

—Ya lo ha oído —inquirió Richard desde la puerta interior.

—Bueno... Ya sabes que...

—Ha vendido sus acciones, ¿verdad? En ese caso ha dejado de pertenecer a la compañía.

CAPITULO IX

—Las noticias que corrieron eran tan alarmantes...

—Usted ha estado haciendo campaña en contra de la compañía en los locales visitados por las tardes, que la Golden-Company no podía durar mucho. Y ya ve... Empiezan a subir como la espuma las acciones. De tener las que poseía, sería un hombre rico en estos momentos.

—Vendí por temor a perder todo el dinero que había invertido en ellas.

—No es culpa de la compañía no permitir la entrada a quien no sea accionista. Intentaron producir el pánico... Y mi padre ha podido incrementar su fortuna en varios millones...

El que protestaba marchó convencido de que no le permitirían la entrada. Y fue a visitar a un personaje de la ciudad.

Fue recibido en el acto al saber quién era el visitante.

—¿Ya ha terminado...? —dijo el dueño de la casa.

—No me han dejado entrar. Pero Caín es el que compró todas las acciones que salieron al mercado.

—¿Caín...? ¡No es posible...!

—Me lo ha confesado Richard. Le hemos hecho ganar una inmensa fortuna. Y ahora es casi el dueño de la Golden-Company. Ya poco puede importarnos que reduzcan la producción en las minas del norte. Hemos sido tan estúpidos que...

—Así que no hemos conseguido nada... Ese zorro de Caín ha reaccionado como no podíamos esperar.

—Le hemos enriquecido... Si sacara acciones al mercado, ganaría una inmensa fortuna.

—Estaban hace unos días en el mercado de Carson City a ciento veinte dólares.

—¡Qué barbaridad!

—Hay que hacerse a la idea de la imposibilidad de conseguir esa compañía. ¡Y somos los culpables de ello!

—Se ha hecho una campaña intensa diciendo que la Golden quebraba y que estaba hundida... para esto.

A otros consejeros tampoco les permitieron la entrada. Caín y su hijo esperaban a los poseedores del resto de acciones con la idea de hacerse con ellas.

Se sorprendieron al ver a una mujer joven aún que demostró poseer cuatro mil acciones. Precisamente las que faltaban para la totalidad de las emitidas en varios años.

La muchacha, al entrar en el salón, manifestó su sorpresa al no ver a persona alguna.

Hizo desfilar su mirada en todas direcciones.

Richard salió a su encuentro y dijo:

—No espere a nadie más. Es usted la única accionista en unión a nosotros, de la Golden. ¿Por qué no vendió cuando el pánico?

—Ignoraba lo que estaba sucediendo aquí. Y de esta reunión tuve conocimiento en los bosques del norte. Un viejo minero es el que me abrió los ojos diciéndome lo que tenía que hacer...

—No comprendo...

—Yo tengo en uno de los campamentos mineros próximos a las mimas del norte un *saloon*. Y hace tiempo que me regalaron estas acciones a las que no concedí importancia. Llegué a tener la maleta llena de esos papeles que no valieron un solo centavo. Pensé que con éstas sucedía lo mismo. Y ha sido ese viejo minero el que me animó a venir con esas acciones... Míster Manoff se reía de mí diciendo que no valían un solo dólar entre todas... Y que esta reunión era la última que la compañía iba a celebrar; que las minas serían adquiridas por otra compañía...

—¿Es posible que le haya dicho eso...? Y ha sido Joshua Manoff, ¿no?

—Se mofó todo lo que quiso de mí y me animaba burlón a que conservara mi tesoro. Al final, añadió que habían vendido a diez centavos cada una y que ya no las quería ni regaladas. Pero como tenía ganas de venir a Portland, metí las acciones en mi maleta y aquí estoy. Ese viejo minero me dijo que no hiciera caso de él y que cuando la compañía convocaba a los accionistas indicaba que no había quiebra. Y que de haberla, pagarían las acciones a su precio o por lo menos sacaría unos cuantos dólares.

Richard reía de la ingenuidad de la muchacha y dijo:

—¿Sabe cuánto valen hoy las cuatro mil acciones que tiene...?

—Sospecho que muy poco, ¿verdad?

—Más de trescientos mil dólares...

La joven se dejó caer en un sillón.

—¡Le advierto que no he recorrido tantas millas para que me tomen el pelo aquí también! Si tengo que tirarlas...

—Le estoy diciendo la verdad. Y si lo desea, mi padre le pagará esa cantidad por ellas, si es que no desea continuar de accionista cobrando dividendos cada noventa días. Y supongo que serán importantes.

Y al final consiguió que la muchacha le atendiera, que suspiró profundamente y cerró los ojos.

En animada conversación transcurrió el tiempo sin que ninguno de los dos se diera cuenta. Ella escuchaba a Richard embelesada. Era la primera vez que oía hablar a alguien como él lo hacía.

—Ahora comprendo a Barry, me refiero a ese minero viejo, no le gusta lo que pasa. Los que trabajan en las minas dicen que se está agotando el oro y pasan más tiempo en mi local que en el trabajo. Joshua decía que esperaba órdenes para comenzar los despidos... Hasta llegó a poner en duda que la compañía pudiera seguir pagando los jornales.

—¡Qué miserable canalla...! —exclamó Richard.

El viejo Caín se reunió con ellos. Levantaron acta y firmaron la muchacha y Caín.

Entre el padre y el hijo convencieron a la joven accionista para que no vendiera, aunque ello supusiera un gran negocio para los dos.

—Los dividendos pueden estar entre los mil quinientos y dos mil dólares mensuales y siempre conservas esas acciones que irán revalorizándose sin duda.

La muchacha aceptó encantada la invitación que la hicieron para comer. Marcharon los tres juntos a uno de los mejores restaurantes de Portland. Ahora pensaba ella en lo acertada que había estado al emprender ese viaje.

Con tantas atenciones recibidas por parte del padre y el hijo acabó confesando que estaba como aturdida. Se había convertido en una mujer muy rica.

Le anticiparon diez mil dólares a cuenta de los dividendos, y se instaló en uno de los mejores hoteles de la ciudad.

Richard se convirtió en su acompañante.

En cambio, había una gran decepción en el grupo de los traidores que habían intentado crear el pánico entre los accionistas de la compañía y que había hecho fracasar la astucia y rapidez del viejo Caín. Aquellos que habían sido consejeros no se perdonaban el haber dejado de serlo al vender sus acciones.

Richard decía a su padre que les iba a colgar y el viejo Caín replicó que bastante castigo tenían con los hechos.

Al fin y al cabo como financieros encajaron la derrota de una manera aparentemente suave.

Al otro día, un conocido periodista publicaba en su columna la historia de la Golden-Company.

Cuando Melanie, que así dijo llamarse la muchacha procedente de los campamentos del norte, lo leyó, reía de buena gana. Tuvo la sensación que se trataba de una fantasía convertida en realidad.

Otra invitación por parte del padre de Richard para comer con ellos hizo muy feliz a la muchacha.

Melanie dedicaba la mayor parte de su tiempo a recorrer los grandes almacenes de la ciudad. Hizo algunas compras para su local, ya que no pensaba desprenderse de él.

Sabía que se iban a incrementar los trabajos en las minas donde iban a necesitar más personal.

Cuando padre e hijo regresaron a casa después de dejar a Melanie en el hotel, se encontraron con Joe que estaba esperando.

Los dos se abrazaron a él y Richard exclamó:

—¡Llegas que ni pintado...!

—Ya me lo explicarás... ¿Sabes a lo que vengo?

—Me gustaría ser adivino.

—A que me enviéis a las minas vuestras del norte. Concretamente a las del río Grande Ronde.

—¡Es curioso! —volvió a exclamar Richard riendo—. Precisamente es lo que te iba a pedir; que me acompañaras hasta aquellas minas. ¿A qué obedece tu interés en ir hasta allí?

—Parece ser que trabajan en vuestras minas los que faltan por ser castigados. He visto a uno que tenéis de encargado general... Un tal Joshua...

—¿Es posible que ese cobarde sea uno de los buscados por ti...?

—Le dieron cuenta de lo que había sucedido...

—¡No comprendo que no le hayas colgado...!

—Ya conoces mi interés por ir a esas minas.

Richard amplió la información hasta referirse a Melanie.

—Iremos con ella —dijo Joe—. Sorprenderá menos nuestra presencia. ¿Qué pensabas hacer con ese asesino...?

—Despedirle.

—¿Sólo eso...? Se unió al grupo de traidores que pretendió hacerse con todas las acciones de la Golden.

—No contaron con la astucia de mi padre... Nos han puesto en las manos una gran fortuna.

—Hay que colgarle en cuanto lleguemos... —añadió Joe—. Y más vale que no te opongas, porque es lo que pienso hacer con él.

Richard se reía. Y se interesó por lo que había sido de él desde su puesta en libertad.

—Pasé los dos meses más duros de mi existencia en los muros de aquella penitenciaría...

Por la tarde se reunieron con Melanie, que saludó a Joe con afecto.

—Es nuestro nuevo director general de las minas del norte —presentó Richard.

—¿Y Joshua?

—Será despedido en el momento que lleguemos.

—Debes decir la verdad a esta muchacha: ¡será enterrado!

Melanie miró preocupada a Joe. Hablaba de matar con la mayor naturalidad.

—Soy consciente que la muerte de ese canalla se recibiría con gran júbilo en los campamentos mineros de aquella región. Pero debo advertiros a los dos, que cuenta con el respaldo de un grupo de pistoleros reclamados carentes de sentimientos. Sumadas las cantidades que han de ofrecer por sus cabezas, por lo que he oído comentar en mi local, se podría comprar más de una mina en explotación.

—Las cuencas mineras han sido siempre el mejor refugio de esos personajes reclamados por la justicia.

—Y no lo oculta ninguno de ellos...

Confesó Melanie tener treinta y ocho años, aunque no lo aparentaba. Y hablando de su vida les hizo vivir un buen momento con aquel anecdotario admirable e interesante.

Había pasado por los «*saloons*-flotantes», como se decía en el argot de los profesionales del naipe.

Con todo preparado para partir hacia las minas del norte, se encontró de bruces Joe con el anuncio de que el candidato Ferdinand hablaba al día siguiente en uno de los locales más amplios y elegantes de Portland.

—Es preciso demorar la salida mañana —dijo Joe—. Me interesará oír a este granuja que anuncian en el cartel... He tenido que matar a un hijo suyo...

Y explicó lo sucedido en Joseph.

—¿Joseph...? —exclamó Melanie—. A ese pueblo suele ir Joshua... Y ahora recuerdo que era en casa de los Ferdinand donde pasaba sus días de descanso todas las temporadas. Y por lo que veo es cierto lo que la última vez llegó diciendo de su amigo. Puede ser el próximo fiscal general de este territorio.

—Sí, yo le he conocido como invitado de los Ferdinand en Joseph.

Prolongaron el paseo hasta la caída de la tarde. La baja temperatura les obligó a recogerse.

—¿Me recogéis mañana en el hotel o nos vemos a la puerta de ese local donde anuncian el mitin de Ferdinand?

Convencidos de que no la harían cambiar de idea acordaron pasar a recogerla en el hotel.

Al siguiente día entraban los tres como unos curiosos más. El local se llenó completamente.

Los tres amigos se situaron en unas sillas próximas al lugar que iban a ocupar los oradores.

La aparición de uno de estos oradores arrancó los primeros aplausos de los asistentes. Empezó con una especie de presentación del candidato elogiando su personalidad.

—Es el hombre que este territorio necesita, y en quien debe confiar todo el mundo, ya que será el fiscal general para Oregón...

Todos aplaudían y los tres se unieron a los aplausos. No querían que se fijaran en ello si no aplaudían.

Cuando apareció el candidato anunciado los aplausos se multiplicaron. Melanie hablaba en voz baja con Joe sin mirar a la tribuna improvisada.

Pero al empezar a hablar Ferdinand, ella levantó la cabeza con rapidez y le contempló con gran atención.

Joe hizo un ligero gesto al advertir el interés de Melanie.

—¿Cómo dices que se llama ése que habla? —preguntó ella.

—Russo Ferdinand...

—¿Estás seguro?

—Ponen su nombre completo en los carteles y es como se le conoce en Joseph. También se le conoce por Ojos de Serpiente o amo de los bosques.

Mientras hablaba Joe, ella no dejaba de observar a Ferdinand.

—¡No hay duda...! —exclamó—. Es él...

—¿Le conoces?

—Y éste quieren que sea el fiscal general de Oregón... Asesino... Atracador de bancos..., ¡una pesadilla en el río...! Todo lo peor que os podáis imaginar lo ha sido ese «caballero». Y su nombre no es ése... ¡Ha sido el personaje más cruel que ha pisado la cubierta de un barco! ¡Está bastante cambiado...! Intentó ponerse a salvo de toda persecución en las cuencas auríferas de California. Pero tuvo la desgracia de encontrarse con una familia a la que había hecho mucho daño que denunció su presencia allí. Perseguido por los federales consiguió llegar a Nogales un pueblo fronterizo al sur de Arizona. Y ahora, nada menos que trata de ser fiscal general. ¡Qué atrevimiento...! Ese hombre tiene una mirada cuando se enfada que impone... No me extraña que se le conozca en Joseph como Ojos de Serpiente. Mira con la misma frialdad...

—Cuidado... —observó Richard—. Que no te oigan... Vamos a hacer unas visitas.

—Lo que hay que hacer es colgar a ese loco asesino.

—Deja que las autoridades se ocupen de él.

—Acabarán engañándoles.

—Sabemos por Melanie a quiénes hay que telegrafiar para que vengan a identificarle.

—¡Qué granuja...! —exclamó Melanie—. ¡Mata por el solo placer de hacerlo!

—Quedaos donde estáis. Si reconoce a Melanie se nos escapará... —dijo Joe.

Y esperaron a que soltara todo el largo discurso que le habían escrito y que leyó con cierta dificultad.

Fue muy aplaudido y los tres amigos aplaudieron también para no llamar la atención de Ferdinand, ya que aplaudían todos.

Una vez que abandonaron el local, insistió Joe:

—¿Estás segura de que se trata...?

—¡Completamente segura! —le interrumpió ella—. En el momento que oí su voz supe que era él... Se trata de un hombre cruel. Dirigía un grupo de su misma calaña. Se llegó a decir que padecían todos la misma enfermedad. Porque para matar a mujeres y a niños hay que ser un loco... ¡Ese hombre es un monstruo!

—¿Crees que te conocería?

—En el momento que me vea... No estoy tan cambiada como él.

—Vamos a hacer un corto viaje. A Salem —dijo Richard.

Melanie accedió encantada. No había estado nunca en la capital y le hacía una gran ilusión ir a ella.

—Es conveniente que no andes estos días por Portland —aconsejó Joe.

Acordaron no decir nada al padre de Richard. No se podía correr el riesgo de que se comentara y permitiera huir de nuevo al candidato que estaba haciendo campaña electoral.

Salieron por vía fluvial al día siguiente. Y una vez en la capital del territorio, Richard, solo, hizo unas visitas.

CAPITULO X

Melanie se hallaba bajo la impresión de aquellos salones por los que había pasado, camino del despacho del gobernador, donde estuvo relatando una serie de hechos protagonizados por Ferdinand, Ojos de Serpiente, o amo de los bosques como era conocido en Joseph.

Mientras en la oficina del telégrafo se esperaban las respuestas, los tres se dedicaron a recorrer la ciudad.

Melanie tenía interés en ver los famosos *saloons* de los que tanto había oído hablar. Y visitaron los más importantes.

Las empleadas se quedaban mirando a Melanie, pero ésta, diferente, se concretaba a mirar y a beber uno de los refrescos que más se anunciaban.

Pero en una de las últimas visitas... el dueño se levantó para acercarse a Melanie.

—¡Morgan! Qué cambiado estás...

—He envejecido bastante, ¿verdad?

—Sí, ya que tú lo dices. Me ha costado reconocerte en los primeros instantes.

—Tú pareces la misma. Es como si no hubieran pasado los años por ti...

—Pues han pasado...

—¿Te casaste? —dijo mirando a los dos acompañantes.

—Les llevo muchos años a los dos... —respondió ella riendo—. ¿Qué haces aquí? ¿Lo de siempre...?

—Soy el dueño de este local.

—¡Vaya! A eso le llamo yo prosperar.

—¿Y tú?

—Tengo un local muy modesto, con lo imprescindible para que mis clientes se diviertan..., es una zona donde no existen autoridades. ¿Has oído hablar de las minas del norte?

—Mucho. ¿Estás allí?

—Va a vender ese negocio —inquirió Richard—. Puede vivir muy bien sin necesidad de tener que soportar a tanto borracho... Es una mujer rica.

—¿De veras?

—Es verdad... Tengo más de cuatrocientos mil dólares.

Morgan silbó.

—¿Me tomas el pelo...? Repite la cantidad... Creo haber entendido cuatrocientos mil...

—Has entendido bien. Es la cantidad que he mencionado.

Invitó Morgan a los tres y se sentaron para beber y conversar. Supuso para Melanie una gran alegría haber encontrado a su amigo. Le consideró siempre un buen muchacho.

Cuando llevaban casi una hora conversando, dijo Melanie:

—¿Te acuerdas de Ojos de Serpiente?

—Valiente asesino... ¿Sabes algo de él? Dejó de hablarse de él hace tiempo. Supongo que le habrán colgado si ha caído en manos de la justicia. Taladraba con la mirada a sus víctimas disparándoles por la espalda sin conceder importancia al hecho...

—Es que no le he contado a éstos algunas «hazañas» que conozco... Lo tomarían como una gran fantasía y se reirían de mí.

—Todo lo que os pueda contar Melanie es poco.

La bebida corrió por cuenta de la casa y Melanie prometió a su amigo, al despedirse de él, que volvería a visitarle antes de abandonar la ciudad.

Al llegar al hotel tenía Richard recado para que pasara por la residencia del gobernador.

—¿Por qué ha dejado mi padre esta nota aquí? —dijo al dueño que era el que le había entregado la nota.

En la residencia del gobernador le informaron de los telegramas que se habían recibido.

—Erizan el cabello estas noticias, excelencia —dijo después de leer los telegramas—. Ese personaje mata por placer...

—¡Es un monstruo! —exclamó el gobernador.

—Pues es el candidato a fiscal general que tienen...

—Con lo que demuestra que es un loco... Con un historial como el suyo es para pensar que alguien pudiera reconocerle.

Planearon la «caza» del asesino Ferdinand. El fiscal general cesante sirvió de cebo. Mandó llamar a los dos candidatos para conocerles y conversar con ellos.

Fue Ojos de Serpiente el primero en acudir lleno de vanidad y orgullo al despacho del fiscal general.

Un inspector de los federales y cuatro agentes estaban en la oficina inmediata al despacho del fiscal.

Lo que no agradó a Ferdinand de esa visita fue que le obligaran a dejar el arsenal a la entrada.

—Se le entregará todo a la salida —le dijo el personaje que invitaba a dejar las armas a la entrada.

El fiscal en funciones le saludó y dijo:

—En cuanto responda a unas preguntas podrá marcharse. ¿De dónde es usted?

—¿Está relacionado con mi candidatura? Llevo años en Oregón.

—Pero no es de aquí, ¿verdad?

—No.

—Creo que es dueño de unos extensos bosques y de dos aserraderos.

—Lo soy.

—Lo que quiere decir que es un hombre rico, ¿verdad?

—Tengo algún dinero.

—Hay una vieja amiga suya muy interesada en saludarle.

Russo se puso lívido al ver aparecer a Melanie que le dijo:

—¡Hola, Ojos de Serpiente...! ¡Has cambiado tanto que cuesta reconocerte!

—Se equivoca conmigo, señora...

—Vamos, Russo... ¡No lo niegues!

Al entrar los otros dos, Russo comprendió que le habían cazado.

—No hay duda. Es él —corroboró el testigo que había presenciado la muerte de un joven matrimonio.

—Tienen que estar locos... Me confunden con otra persona...

—Debiera convencerse de que es inútil mentir... Pueden retirarse ustedes. Que pase el inspector para hacerse cargo del candidato.

Se formó un jaleo impresionante.

Volvió a decir el fiscal general:

—Que pase el inspector.

Gritaba como lo que era, un loco, cuando los agentes se hicieron cargo de él.

En el campamento minero se armó un gran revuelo al correrse la noticia de que Melanie había regresado.

No quedó uno solo en los barracones. Terminando de vestirse alguno entraron en el *saloon*.

Melanie les recibió con su habitual sonrisa y les iba saludando atentamente.

Uno de los ayudantes del encargado general dijo:

—¿Qué tal te ha ido en esa reunión de accionistas? Supongo que se habrán reído de ti cuando conocieron tus pretensiones...

—¿Es que ganas mucho con este antro? —replicó burlón el ayudante.

Melanie añadió risueña:

—La compañía me ha ofrecido cuatrocientos mil dólares por mis acciones... Aunque finalmente y siguiendo los consejos de míster Caín, cobraré unos importantes dividendos todos los meses y seguiré siendo la dueña de mis acciones.

El ayudante no daba crédito a lo que oía.

—Nadie creerá esa historia... —añadió—. ¡No valen nada esas acciones!

—Eso es lo que intentaban los que pagaban a Joshua para que se interrumpiera el trabajo en las minas... y lo que han conseguido es fortalecer la compañía. Estos dos jóvenes que me acompañan son los nuevos jefes...

—Les están diciendo la verdad... Mi nombre es Richard Caín y mi padre es el presidente y dueño de la Golden-Company. Este es el nuevo encargado general...

El ayudante salió del local para dar cuenta a Joshua de lo que pasaba.

Y éste, con cinco de sus pistoleros, corrió para informarse de lo que estaban hablando.

Al entrar en el *saloon* empujaron a los que se interponían en su camino de manera violenta.

Pero al encontrarse con Richard y el que estaba a su lado, Joe, se quedó paralizado y muy pálido.

—¡Vaya...! ¡Al fin volvemos a vernos! No esperabais que saliera con vida de la penitenciaría, ¿verdad?

Le contemplaban y escuchaban atónitos.

Los seis intentaron acabar con Joe, quien una vez más demostró de lo que era capaz en casos extremos.

En Joseph se recibió con agrado la noticia de la ejecución de Ojos de Serpiente.

—¿Ya sabes la noticia...?

—No se habla de otra cosa en la población... Lo primero que haré será ordenar que vuelvan las marcas a los lugares de que fueron arrancadas. ¿Qué pasará si los Ferdinand no tienen herederos?

—Eso lo determinará la ley... Pienso que acabarán subastándose esos bosques. ¿Has tenido noticias de aquel muchacho tan alto?

—Se ha hecho cargo de las minas de la Golden... Pero antes vendrá por aquí. Nos vamos a casar.

—Creí que no esperaríais tanto.

Comentó Winona con Bill la decisión que había tomado Joe.

—Con el trabajo que hay en estos bosques y el gran negocio de la madera no tiene por qué estar...

—¡En peligro constante! —exclamó ella.

Una semana más tarde, asistían a la boda de Joe y Winona el gobernador y el fiscal general de Oregón.

Winona, nerviosa perdida, dijo a su esposo al salir de la iglesia:

—Me asusta pensar que me he casado con el hijo del gobernador... ¿Cómo es posible que hayas podido estar en esa penitenciaría...?

—Hablaremos de ello en otro momento.. Le he dicho a mis amigos los Caín y a mi padre que no cuenten conmigo. Bill y yo nos encargaremos de la explotación de la madera en tus bosques...

—Nuestros bosques —corrigió ella—. ¡Ah! Ha intentado entrevistarme ayer un periodista para que le hable de Ojos de Serpiente. Tiene mucho interés en escribir sobre esa familia de locos...

—Va a tener que esperar varias semanas... Prometí a Melanie que pasaríamos una temporada con ella en su campamento... Bill se encargará de...

—¿Te ha hablado de su compromiso? Habla con una muchacha preciosa hija de un granjero... En cualquier momento nos dará la buena noticia.

Winona se puso nerviosa de nuevo al ofrecerle su brazo al padre de Joe.

—¿Sabes que haces muy buena pareja con el gobernador? —bromeó Joe.

Le pellizcó ella en el brazo arrancándole un grito.

—Te está bien empleado... —dijo el gobernador sin poder contener la risa.